LOCUS

LOCUS

LOCUS

LOCUS

catch

catch your eyes；catch your heart；catch your mind……

catch 72 我的住院日誌之

羊肉爐不是故意的

The Most Famous Bird in Taiwan

作者：LogyDog　繪圖：Bomb

責任編輯：韓秀玫　美術編輯：謝富智

法律顧問：全理法律事務所董安丹律師

出版者：大塊文化出版股份有限公司

台北市105南京東路四段25號11樓

www.locuspublishing.com

讀者服務專線：0800-006689

TEL：(02) 8712-3898　FAX：(02) 8712-3897

郵撥帳號：18955675　戶名：大塊文化出版股份有限公司

總經銷：大和書報圖書股份有限公司

地址：台北縣五股工業區五工五路2號

TEL：(02) 8990-2588　8990-2568 (代表號)

FAX：(02) 2290-1658

製版：瑞豐實業股份有限公司

初版一刷：2004年4月

初版十三刷：2005年1月

定價：新台幣200 元

ISBN986-7600-42-8

Printed in Taiwan

國家圖書館出版品預行編目資料

我的住院日誌之羊肉爐不是故意的／
LogyDog文／Bomb圖.-- 初版--
臺北市：大塊文化，2004[民 93]
面：　公分.--(Catch : 72)
ISBN　986-7600-42-8 (平裝)

855

我的住院日誌之

羊肉爐不是故意的

LogyDog 著　Bomb 繪圖

目錄

院外篇 159

小弟弟變奏曲 183

前言

這是我這輩子最糟的一次經驗，我甚至發誓2003年一整年都不再吃羊肉爐了，但是沒想到光住院就住到年底。

希望大家都能平平安安。以下是我受傷住院的辛酸故事，透過日記的方式，我將一個站在第一線的燙傷病患在病院裡的艱辛經歷及感受用最真實的方式和語氣記錄下來，希望在大家看完後能以我為鑑。在寒冷的冬天除了享受熱呼呼的美食外，我們更要注意自身和他人的安全。此外，我也希望透過這個故事，讓大家更能了解到病患們在醫院裡接受治療的痛苦與無奈，也希望在各位看過這個故事後，能為周遭的需要幫助的人們，付出更多的關心與祝福。

LogyDog，2004/3/21於交通大學

我的住院日誌

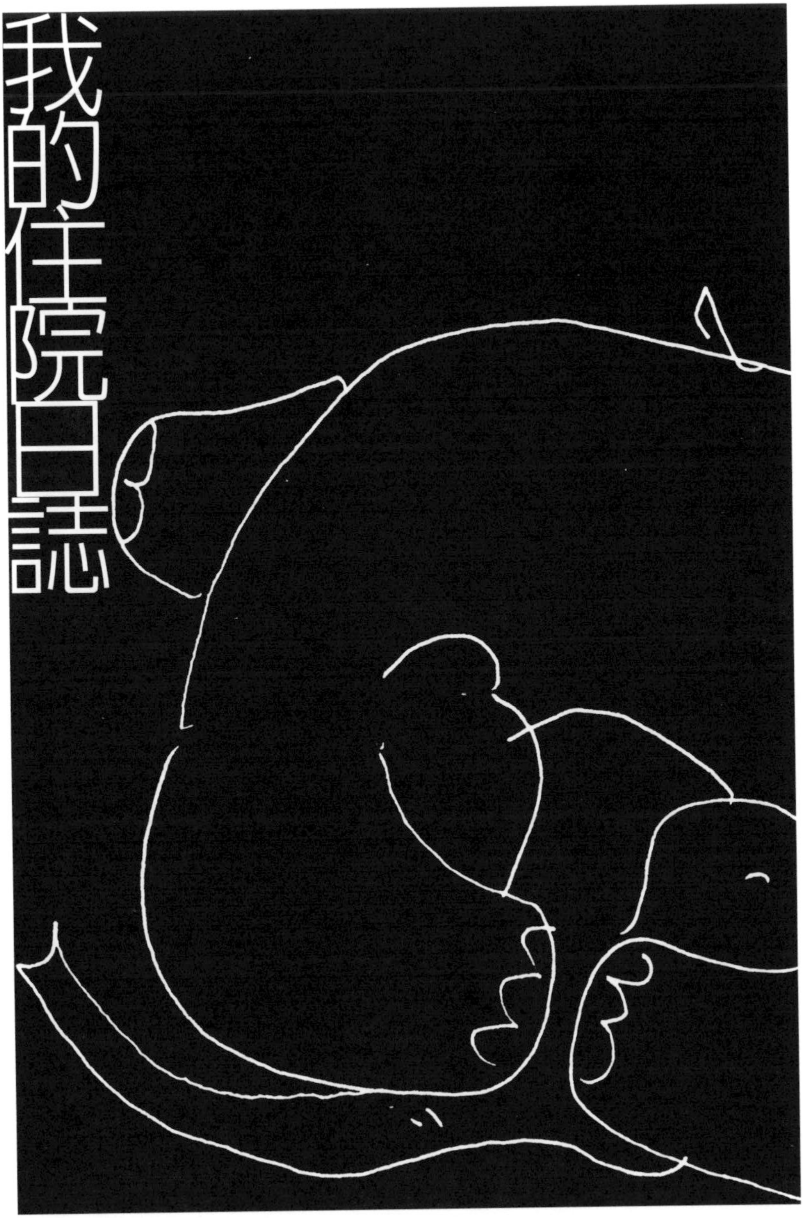

2003.12.7
星期日

十二月，這是一個寒風刺骨冷颼颼的季節，而在這麼寒冷的季節裡，能讓我從實驗室走出來的原因實在少之又少，其中一樣是「勞塞」（閩南話，拉肚子。）

在廁所光著屁股吹了半小時的冷風後，我衝回了實驗室，然後趁著中午天氣變暖時，我騎著車到大賣場買了一些熟食，然後順便買了我這輩子第一包（我確信也是最後一包）的「**羊肉爐**速食包」回到寢室。而整個故事，也就從這包小小的**羊肉爐**開始……

晚上八、九點左右。我把早上買的**羊肉爐**速食包加熱完後，正想要好好看部電影，順便在這寒冷的夜裡，好好沈浸在**羊肉爐**

的美味之中，只是我打死也沒想到，竟然能沈浸得如此徹底。在加熱完後，我直接將整鍋熱騰騰的**羊肉爐**搬到電腦螢幕前，準備好好享用一番。我用筷子在鍋裡翻攪了一陣，然後選出了一塊肥瘦適中、色澤鮮潤的羊肉塊端詳一番。於是就在我滿懷興奮、期待，準備吞下第一口的犧牲品時——當時的我左手拿著鍋子，右手夾著肉塊，而就當肉塊即將入口的一瞬間，我的左手因為鍋子把柄沾滿油的關係，結果一不小心，整鍋油嚕嚕的**羊肉爐**就這樣翻進了我大腿與大腿之間，沒錯，也就是俗稱小雞雞的所在地，胯下。

　　當時我並沒有想太多，身體還是直覺地硬是將右手的肉塊塞進嘴裡，但是不到零點一秒的時間我就把它從嘴裡噴了出去，不虧是我精挑細選的肉塊，在螢幕上彈了一下後又打到我的頭。「棍！！！！燙死我了啊～～～～」我在心裡吶喊著，天啊！這是什麼狀況，我這輩子還沒有這麼痛過，痛到我完全沒多餘的心思花在嘴巴上的品罵，因為這突如其來的劇痛，我推開椅子迅速地把褲子連同內褲脫下來，而我的身體也不由自主地發起抖來「不能昏倒，要不然醒來時小雞雞鐵定七分熟了」於是我勉強撐著冰箱站起來，往胯下一看，不看還好，看了之後我整個人都呆住了，「這樣可以上社會新聞了吧？」。沒錯，只見我兩邊大腿內側的皮膚全部燙開，脫落的皮膚藕斷絲連地貼在大腿邊緣冒著煙。但是小雞雞的狀況尤其嚴重，因為在包皮上很明顯地裂了一個十元硬幣大，而且是吃得很深的傷口，至於雞雞的其它部位則也幾乎全部燙掉一層薄皮。在看到這種狀況後，我一話不說就拿起電風扇開始狂吹，這時我腦袋想著「欸……怎麼辦，我還沒用過耶」是的，我居然還在搞笑，媽的。

後來實在受不了了，我一邊拿著電風扇，一邊在衣櫃搜尋還有沒有能穿的內褲。但是週末剛好是內褲用完的日子，於是我只好隨便拿一件待洗的內褲，強忍著疼痛硬是穿上去，然後很痛苦

的走去浴室沖冷水。呼，真爽，在浴室裡，我扭開蓮蓬頭來回地沖著水，但是沖著沖著，血水開始從傷口各處溢了出來。喔賣軋的！眼見傷口上的鮮血不斷滲出，於是沖了十左右分鐘，我用內褲遮著雞雞，勉強再走回寢室想找人求救，原本我是想直接打電話給救護車，但腦袋突然浮起了NCTU版上有人問「博愛有救護車，發生什麼事?」之類的標題，然後接下來就會有人回覆「有人燙到小雞雞送醫急救啦，哈哈哈」之類的文章。於是我想也不想就將手機丟一邊，改打寢電向豆豆和菜頭求救。

「喂……豆豆……救命，我被燙傷了！」

「喂……菜頭……我燙傷了啊～～～～」

幸虧豆豆和菜頭都在寢室，在他們兩人的幫助下，我做了簡單的處理後，也火速坐上計程車來到馬偕醫院。之後在護士的指示下再度進到浴室內沖水等待包紮。老實講，雖然我下半身灼痛不堪，但畢竟現在是冬天，所以一邊沖水，我還是忍不住一邊發起抖來。在脫掉褲子沖了二十分鐘後，護士小姐突然打開門來：「來，打一針破傷風喔！」雖然我很想配合，但是在下半身赤裸的情形下，我還是直覺地轉過頭來，對著護士小姐說：「呃，對不起我正忙著沖水，可不可以……」我加速揮動手上的蓮蓬頭，「你會害羞吧！那等一下出來再打好了。」護士小姐一眼就識破我的謊言，等我沖完水後，護士小姐指示我躺到病床上。現場有一對夫婦，一個男醫生正在對他們做診斷。然後還有兩個小護士和一個年輕的女醫生，此時我臉色發白，全身發抖，更慘的是，我已經猜到誰要來幫我看急診了，是滴，就是那位女醫生。女醫生緩緩走向我，於是我使出了傳說中的「先聲奪人」絕招：「呃……不好意思，那個……可不可以請男醫生幫我看啊？」我滿臉不好意思，用滿是水泡的左手在後腦勺搔了搔，說時遲，那時快！就在我說完之後，女醫生和另外兩名原本看起來很忙碌的護士突然全部停格，然後呆呆地看著我。接下來精彩的事情發生了，她們兩個快速地靠到女醫生兩旁：

左護士：「別擔心、別擔心！別看她這樣，她可是閱歷豐富的醫生喔！」

右護士：「別害羞、別害羞！別看她這樣，人家可是兩個孩子的媽喔！」

女醫生：「沒問題、沒問題～～」（呆呆地笑著，還一邊揮著小手）我心裡想著，你們練得還真熟啊，連動作都搭配得天衣無縫。不過我是燙傷，不是腦震盪。你這個樣子是兩個孩子的媽，騙我沒燙過雞雞喔？

但是很明顯我的「先聲奪人」已經沒有用，所以只好乖乖躺下任兩個孩子的媽擺布。

「喔，你吃牛肉麵喔？」女醫生笑著問。

「呃……是**羊肉爐**。」

「難怪，味道這麼濃～」

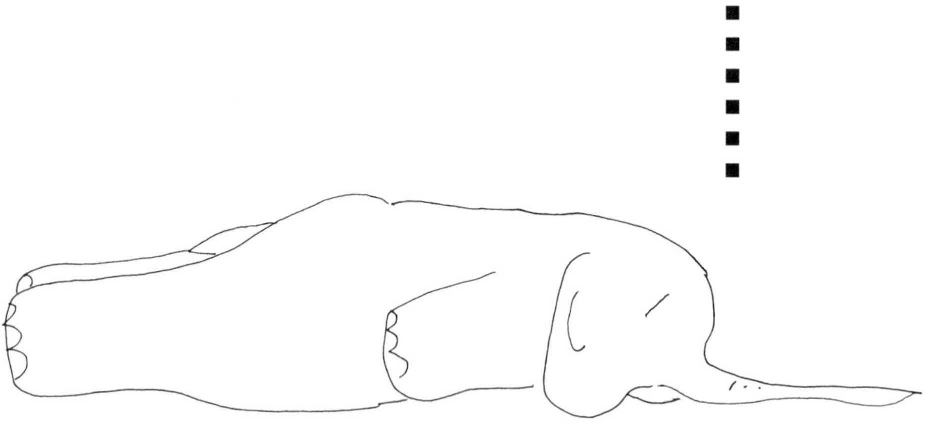

「對啊，哈哈哈哈……」護士小姐搭著腔。

「…………」

在停止無聊的對話後，護士小姐把我的褲子和內褲剪掉，醫生則戴好了手套準備幫我看診。老實講，我這輩子還沒有被女生看過小雞雞，一次三個實在太刺激了點，所以痛歸痛，我的臉還是忍不住紅了起來。於是我把頭往後仰，一方面是傷口太可怕，我不忍心再看下去，一方面也是怕被人看到我滿臉通紅的樣子。而在褲子被剪掉的同時，護士小姐也很快地在我右手上補了一針破傷風。

「喔，這有點嚴重喔！」醫生在我的傷口上擦藥，於是接下來是一連串讓我痛不欲生的上藥和包紮，我只知道在這段期間我不斷地在發抖和抽搐，那種痛苦的感覺讓我無法思考任何事情。自從停止沖水後，我的腳就好像重新燒起來，但現在上藥的感覺更像是在傷口火上加油，而我的大腿也開始抽筋了。大約過了十分鐘，上藥和大腿的包紮都已完成，我好不容易可以稍微呼吸一下，結果醫生馬上抓起我雞皮，很快速的用藥布夾住整個小雞雞，我腦袋才剛想起大亨堡的樣子，在一旁的護士已經先笑出來了……。

編按：LogyDog的主治醫師，新竹馬偕醫院的游家孟表示，一般民眾如果不小心被燙傷，正確的做法是趕緊脫下衣物，讓傷口泡在冷水裡，「沖、脫、泡、蓋、送」這五個基本步驟千萬不能省，作者燙傷時吹電風扇是無效的。

2003.12.8
星期一

今天是我入院第一天，我住的是四人房的健保房，簡單講就是平民住的免錢病房，我是第四個進到這個房間的，所以我的位置最沒隱私，四人的置物櫃全在我旁邊，門也離我很近，外面的動態和講話的聲音我大致上都聽的到。總之我並不是很滿意這樣的位置，尤其我的傷是特別需要隱私的。半夜一點左右，菜頭和豆豆剛剛離開，而我老爸就在一旁陪我。房間住著另外三個人，我對面躺著是一個交大的學生，似乎是在騎車認路時摔車，而且摔得很嚴重，脖子插著進食器，身上多處骨折，內臟易位無法正常排便，看了真的有點不忍。住在靠窗戶的一個是講話頗有氣質的老爺爺，每天都會有一堆女兒女婿來看他，兩腳不便，是壓迫性骨折，講客家話。另一個則是個老頭子，很抱歉我必須用這麼不尊敬的詞句來形容他，因為他和他老婆的公衆道德感實在不太好，接下來幾天沒辦法睡覺都是因為他們夫婦倆。他們是種田人家，因發生意外而截肢，有糖尿病，所以傷口常出問題；遠從竹東來的，說客家話。至於我，我是一個在寢室偷吃羊肉爐弄翻而導致雞雞和大腿**二度灼傷**的研究生。

以上是這間病房內病人的大致背景。

半夜一點了，我爸在旁幫我拿東拿西，而我則是在床上蠕動著，剛才的止痛針已經消褪，我的大腿又開始燃燒起來。半夜三點左右，在經歷這麼多苦難後，我的眼皮也開始往下垂，但是斜

對角那對夫婦卻依然操著客家話在大聲講話，好像病房裡只有他們一樣，而且那個老婆婆穿著硬底的鞋子，叩叩叩的走進走出，「媽的，已經半夜三點了，妳是在散什麼步啊！」我實在很想這樣罵出來，但是我只是個小雞雞被**二度灼傷**的研究生，而且據說待個兩三天就可以出院了，所以我忍氣吞聲默默地躺著，畢竟，反正都已經傷成這樣，我今

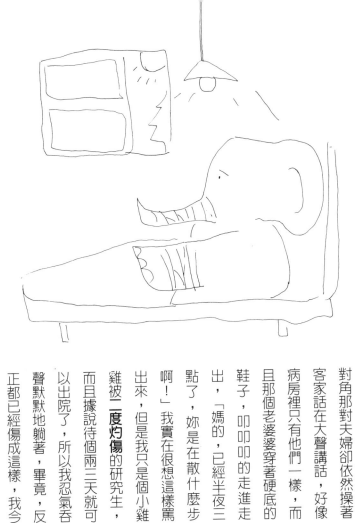

天應該也不太可能睡得著，我說服自己。凌晨四點半，我被一陣咒罵聲吵醒，原來是斜對角的老太婆又在和老頭子吵架了，那聲音簡直尖銳討厭而且毫不節制，於是我開始替我接下來幾天感到擔憂。

早上八點半，我的病床走近了三個人，一個年輕的男醫師，一個長髮披肩的女醫師和一名短髮小護士，三個人圍著我就開始進行他們所謂的換藥。其實今天的換藥沒有想像中的痛，兩名醫師開始幫我擢血泡和上藥、包紮。而我則覺得很納悶，這醫院哪來這麼多年輕的女醫生，會不會是為了增加生意所以找來的臨時演員……想太多。其實我原本是想快點出院，再加上昨晚急救的女醫生說我不是很嚴重，住院住個兩三天就差不多了，所以在包紮前我就問主治的男醫師能不能今天就出院。結果醫師幫我拆紮完後看了看，然後指著我的小雞雞就當著女醫生和女護士面前說：「你看，你的小弟弟都燙成這樣了，你還想今天出院？」於是，我把頭側了過去，默默流下恥辱的眼淚。

大約十分鐘後，包紮結束，在抽完血也量完了血壓後，我想下床尿個尿，結果尿尿時我才發現我的問題大了——尿尿好痛？

沒錯，原來我的包皮，除了上面燒一個大洞外，下面也有一個大洞，再加上尿道口附近也有點燙傷，所以如果尿尿不小心的話就很容易感染。因此我每次尿尿時，都要帶好幾張衛生紙進去「估」（閩南話，蹲）個老半天才能完成簡單的排尿動作，這和我上禮拜痔瘡的痛苦有得比。我勉強爬上床，躺在上面想東想西，想著NDL實驗的事，想著期末考的事，想著我寢室魚沒人餵，想著炯伯的工作做不完。總之我腦袋冒出一堆擔憂的事，而大腿和小雞雞又開始隱隱作痛了。

黃昏時刻，阿民和阿力突然出現，這麼快就看到同學來探望我，讓我有點驚訝。在「哈啦」了一陣後，順便講了一些自己的狀況，也吃了他們買的可麗餅。

我自信滿滿的告訴他們兩三天後就能出院了，然後也閒扯了一些低級的話題，像是我的小雞雞現在是幾分熟之類的。後來實驗室的學長也來了，大家在哈啦了幾句，而我又再次介紹我的小雞雞後，大家覺得我精神不錯也就告別了。住院第一天，老實講我覺得沒想像中的糟，最慘的也不過是每次有人來拜訪，我就要介紹我一下我雞雞的近況，這對一個整天拿雞雞開玩笑的人其實也沒那麼難啟口。後來晚了，在床上擦個臉後我也就酣酣入睡了。當然，半夜免不了又被斜對角的夫婦吵醒四、五次，不過他們都是講客家話，我實在也聽不懂在講什麼，所以也不加詳述了。

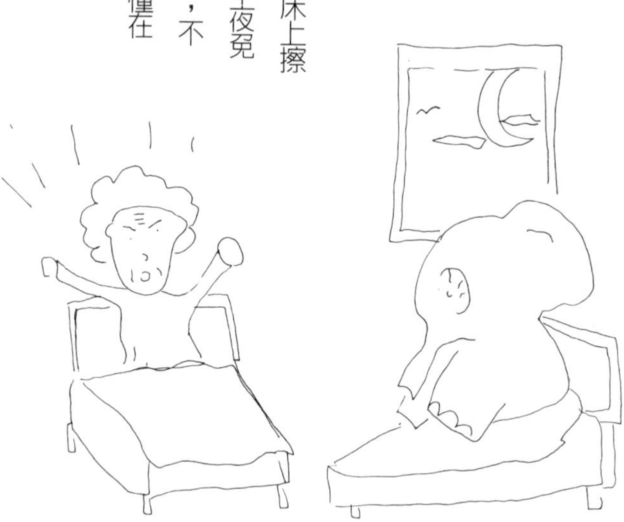

2003.12.9
星期二

今天一大早起床，老爸就跟我講昨晚有人拿水果來探望我，只是我們兩個都睡著了。看著大家留下的紙條，內心真是充滿莫名的感動，而且大家似乎怕我觸景傷情，都很貼心的幫我把水果皮先去掉了，感謝moca、dolphin、奕德、阿愷和東風，雖然沒見到你們，但是你們的心意我確確實實收到了，感激不盡。

早上九點，昨天神奇的換藥三人組出現了，男醫師用著熟練的動作和指揮的語氣教女醫生一同進行換藥的動作，今天我大腿血泡變少，但是**小雞雞**明顯變痛了，換藥過程中，我不斷咬緊牙根和握拳頭。女醫師似乎注意到我的疼痛，很貼心地說：「小弟弟，忍耐一下喔~」

老實講，我不知道她是在對我說話，還是真的在對我小弟弟說話，不過女醫師的愛心我確實感受到了，至於男醫師，雖然動作犀利快速，但也相對比較粗魯。今天的包紮比昨天痛多了，可能是傷口開始有些發炎了吧。男醫師開始幫我把包紮好的傷口用彈性網套做固定，當要替**小雞雞**套網套時，只聽到男醫生對著護士說：

「網套太大了，換小一點的，」

「還是太大，再小一點。」

於是，我再度把頭側一邊去，默默流下恥辱的眼淚。我心想，這傢伙八成是精神科派來的臥底，到燙傷科來搶生意的。

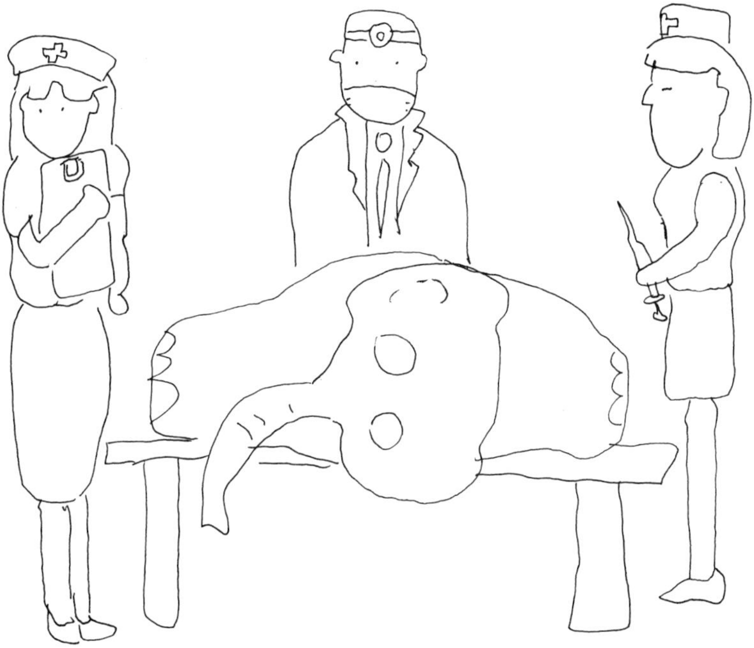

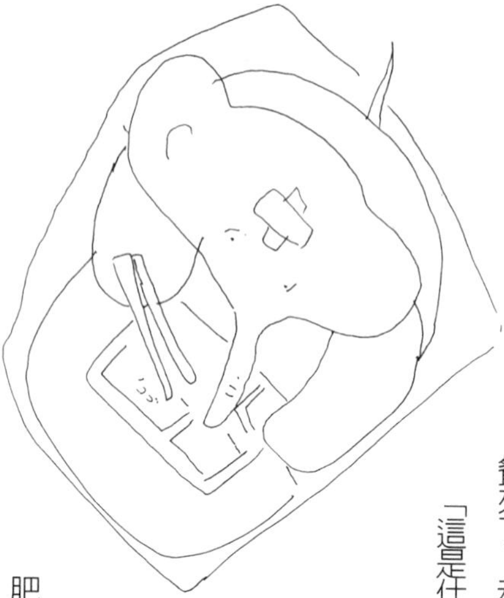

在遭受身心雙重打擊後，我又昏昏欲睡地在床上睡著了。中午十二點，可愛的護士小姐用超嗲的聲音替我送醫院餐來了，和護士小姐揮手道別後，我打開餐盒，

「這是什麼？」我問我爸。

「午餐啊～」

「這裡是動物醫院嗎？」

「…………」

「這種東西是人吃的喔？」

我很不滿地說著，因為我很肯定眼前的這坨東西，就算是我家那條肥得像豬的黑木也不會正眼瞧它一下。

「多少吃一點吧！」我爸求好心切地說。

「嗯……」為了怕爸爸擔心，我勉強吃了一些，然後在睡眠不足的情況下，又再度昏睡過去。

等我醒來時，已經是吃動物餐的時候了，吃完沒多久因為實在太無聊了，所以我和我爸把notebook（以下簡稱nb）裡能看到的短片就播出來看（不能播的，我都藏起來了），後來又開始看電影，基本上裡頭的電影都是我早就看過的，但是為了讓老爸不要太無聊，所以我開始陪他看我已經看過兩次的《天降奇兵》。正當我看到昏昏欲睡時，兩個直屬學弟剛好來探望我，手裡還拿著橘子和蘋果，但是……都沒去皮**（真是太傷我的心了，看看有皮的橘子，再看看沒有皮的小雞雞，我不禁悲從中來，而學弟也在我流下眼淚的同時，默默地離去……最好我們變態家族是走這種風格。）**，在見了面後，我們三個白癡開始講一堆低級的笑話，像是什麼聖誕節可以來我這裡，可以享用免費的「火雞」大餐（我看是燒酒雞……），然後他們還企圖想辦法替我和我的**小雞雞**拍合照，奶奶的熊，其實聊得還滿開心的，不過這大概也是我最後一次在醫院笑。

2003.12.10
星期三

今天是痛苦的一天，早上醫生換完藥後，我小雞雞疼痛的程度沒有比被砍掉好到哪去，甚至，我想自己把它砍了。痛死我了，我連大腿彎曲的角度改變，都會讓小雞雞痛不欲生。就這樣，無情的火鳥燒灼了近兩個小時，我才能爬回床上安心地躺一下。今天是無聊的一天，我爸工作太趕所以回彰化去，而我一個人整天最刺激的活動，就是下床尿尿；每次尿尿，用掉的衛生紙量和所花的時間都不輸拉一次屎的量，而且是拉有痔瘡加便祕的屎。今天最驚險的是，當我正在尿尿時，**地震**突如奇來地發生了。我左手握著雞雞，右手拿著衛生紙坐在馬桶上發呆，雖然看似在發呆，但其實我腦袋正在模擬醫院緊急撤離所有人員時，有一個男人滿臉流著眼淚，左手握

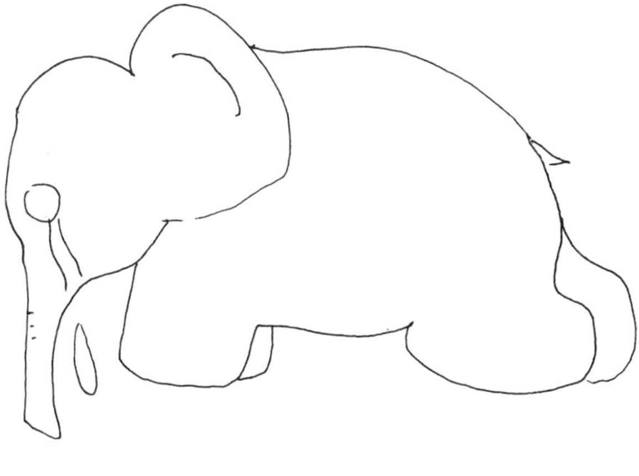

住包著紗布的小雞雞，右手拿著沾滿不明液體的衛生紙在走廊上用外八的步伐掙扎地前進著……好加在**地震**大概二十秒就停止了，而我也停止我的自殺式幻想。

其實生殖器上的傷口讓我必須無時無刻注意到不可被尿液感染，而且要在床上爬上爬下實在也是很辛苦的事情，就這樣，我過了無趣又辛苦的一天。除此之外，自從對面同學去開刀後就空下來的病床，今天也搬進了新病人，這次是一位看起來完全正常，但因鼻子十幾年來有隱疾所以決定住院開刀的人。老實講，看在眼裡，我還真羨慕像他這種能自由行動的身體，但其實我更羨慕的，是他能穿褲子。

2003.12.11
星期四

半夜一點我突然醒來，下陰疼痛，原來是憋尿太久造成了健康男性應有的生理反應，不過健康男性不會這麼痛就是。因此，為了解決目前的窘境，我必須快點下床排尿消腫，但是周圍護士走來走去，再加上腫脹的包皮和衣服磨擦造成傷口劇烈疼痛。除非我用爬的，否則我大概一輩子到不了廁所。於是先「消腫」也就成了當務之急。

嗯……海珊……沒用，而且似乎還腫大一點點，我堅信這是因為他的名字太女性化的緣故。布吸……不行，我想起柯林頓和李文吸雞。於是腦袋在一片搜索中，我終於消腫了，至於我想到什麼？？相信我，就算小雞雞再燒一百次我也不會說出來。在比薩斜塔倒下來後，我趕緊爬下床趁勝追擊。終於，在廁所完事後我慢慢走地回病床，但是基於剛才腫脹的結果，雞皮上的傷口似乎變得更**痛**了，於是我躺在床上久久不能入眠，我想，如這禮拜如果能出院，那大概是奇蹟吧。早上七點半，早餐送過來。其實醫院三餐中我只有早餐比較有胃口，一方面是餓很久了，另一方面是因為它有稀飯比較好入口。

當我吃稀飯吃了十分鐘左右，換藥大隊又出現了，今天會不會太早了點，最近醫院生意不好是吧。雖然我有點厭世，但這種自殺式發言我還是不敢講出口。今天的義工阿姨看起來很和善，護士姊姊也很和善，女醫生很和善，男醫生也很和善……呃，怎麼多了一個人？下次再這樣我要收門票了喔。這是我今天第一次搞笑，也是最後一次。棍！換藥時我不停的發抖和蠕動，連新面孔的護士小姐都在醫生旁邊說，我看起來好像很**痛**之類的（已經聽不清楚了），我覺得如果醫生在我的包皮上再多碰一下下，我的眼淚大概就要噴出來。究竟是怎麼回事？傷口不是應該要愈來愈好，為啥我是每況愈下？這次換藥完後，我也爬下床，一直在地上跪到快中午時才能勉強站起來行動，床單上也沾滿了眼淚和口水，而我爸這時也從彰化趕上來了。

吃完藥後，我在床上**痛**苦地躺著動都不能動，我實在想不透為啥今天會**痛**到這種地步。而老爸這時也把家裡帶來的家當一一拿出來給我看，裡頭除了一些日常用品外，其中最特殊的，就是我當小學老師的姊姊帶來給我的光碟片，上面寫著什麼「春神來了」、「牧羊男孩」之類的，我原本以為是音樂CD，結果放進nb後我才知道，原來這是給小孩子看的卡通，和用黏土人偶做成的各種小短片，裡頭充滿著溫馨與啟發，國王一定是笨蛋、壞人，然後受主角受到感動改邪歸正，而爸爸媽媽兄弟姐妹在遭受不幸後，最後一定闔家團聚，然後過著幸福快樂的日子。至於相親相愛的情侶們，在打敗所有情敵後，一定會抱在一起玩親親。總而言之，我姊完全忽略我病床牌子上寫著二十四歲（我明明是二十三歲）……

這到底算什麼？老姊，妳乾脆送天線寶寶VCD給我算了，人家要一邊看天線寶寶一邊哈棒棒糖啊～～BIG波～BIG波～是的，這就是國小老師的職業病，不過這和一年前她騙我們全家去看兒童劇場比起來算是小巫見大巫了。但我還是得感謝我姊，在沒辦法與外界取得聯繫的情況下，我這天晚上還是一口氣看了十個溫馨小故事，而且還看到忘記變換姿勢導致小弟弟壓到流膿。

早上那位免費來參觀我換藥的義工阿姨，下午突然出現在我病床前，然後開始告訴我一些燙傷的知識。原來當初在急診時所

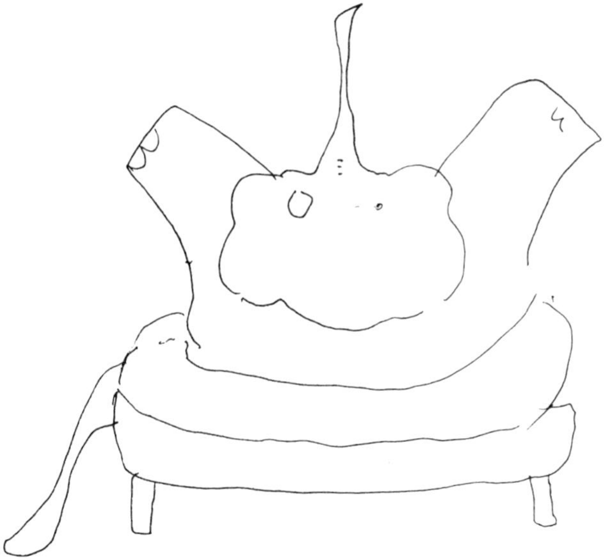

判定的淺二度灼傷，且兩三天就能出院，是不對的；其實我的傷口有好幾區是深二度灼傷，尤其是生殖器部分。而且二度灼傷是傷到神經最敏感的地方，所以**痛**到這種程度是可以理解的，如果是三度的話，連神經都燒掉了就不會有**痛**覺了。在經過善良阿姨的解釋之後，我終於釋懷了，因為至少我推演出了「會**痛**就代表還會爽」這樣的結論來安慰自己，於是我又乖乖的躺回床上享受這種痛苦。

下午，老爸又回彰化工作，也順便回去幫我準備一些食物，而我就躺在床上，一邊看小故事、一邊流膿。晚上十點，在擦乾小弟身上的不明的液體後，我就上床睡覺了，並且誠心祈禱明天換藥時，醫生全部遲到不能來。

2003.12.12
星期五

凌晨一點半，我的小雞雞又因莫名腫脹而疼痛不已，在我努力的「反性幻想」下，我順利的「消腫」並完成排尿動作，但等我爬回床上後也已經快兩點了。我躺在床上，聽著斷斷續續來到醫院的救護車所發出的喔依喔依聲，我的內心也不禁悲從中來，這世界上不知還有多少人和我一樣，正在飽受身心的煎熬，還有多少人像我一樣，只能靠健保躺在免費病床上，然後在半夜兩點學習免費的客家話聽力練習。

我似乎已經習慣粗暴的客家話在我耳邊轟炸，因為這次只花了兩個小時左右我就能睡著了……

早上七點半，醫院開始忙碌了起來。病房外傳出了護士抓小蘿莉的呼喚聲，小蘿莉的笑聲，小蘿莉輕盈的腳步聲，以及小蘿莉可愛的名字……「世傑，不要亂跑！」

世傑？該死的小鬼竟敢欺騙我邪惡的感情，要也把小雞雞燙熟了再來跑。

於是就這樣，我一大早就被一個不知所謂的小鬼頭給吵醒了。原本想再睡個回籠覺，但是一想到等下要再飽受閹割之刑後，我就擔心得睡不著覺。於是在這樣懷著恐懼的心情下，我又爬起來看了兩部洗腦用的溫馨小短片，果然看沒兩下我就昏迷了過去。

「吃早餐了喔！」可愛的小護士姊姊用著嗲到會令我傷口部位

爆裂的語調來叫我起床吃飯。

在揮別了可愛的護士小姐後，我打開早餐盒開始替今天補充元氣。我知道動作要快，要是吃到一半醫生來的話，包紮完後不要說是繼續吃了，我搞不好連剛下肚的食物都會翻出來。於是為了生存，我不得不埋頭苦幹，但是醫生哥哥好像猜透我的心事，我才吃不到十分鐘就聽到有人推著裝滿傢伙的醫療車走了過來，而且嘴裡還一邊喊著「**換藥**囉！」今天只有醫生哥哥一個人孤獨地推著車出現，但我並沒有特別介意，我只是停止所有動作，呆呆看著醫療車停在我面前，並隨時準備任人宰殺。擺好車後，只見男醫師走了出去，而我還是呆呆地盯著醫療車久久不能回神。五分鐘過去了，醫生走進來，叫我按緊急按鈕叫護士來幫忙**換藥**，而這時我也才回過神來……醫生哥哥，你能不能晚五分鐘再推車進來，我把用來吃早餐的五分鐘都拿來對你擺在眼前的醫療車發呆啊~~~

早上八點十分，我再次翻開衣襬，在新的護士姊姊面前袒裎相對。今天**換藥**還算一般痛，醫生哥哥這次的動作特別溫柔小心，但因為生殖器有之前沒注意到的新傷口出現，所以我還是「唉」了兩聲意思、意思，不過我想最主要的原因應該還是打了止痛針的緣故吧。

總之，今天早上我就在藥劑和睡眠不足的催化下，昏昏沉沉躺到了中午左右，而我爸這時也從家裡趕來，替我帶來了媽媽牌香菇雞湯和一些水果。下午時分，實驗室學長小胖和阿輝一起來探望我，還替我帶了一本封面會令人有許多遐想的《少年快報》，在小胖用可憐的表情說今天晚上有meeting時，我突然覺得住院也不見得全是壞事。晚上五點左右，阿祥出現在我床邊，他像專業的諮詢師般和我一同討論我的小雞雞的功能、障礙，以及未來的展望，並建議我在出院後能好好地測試一下所有雞能。不虧是「機八祥」，對雞雞能有如此深入的見解和說明。大約過了半小時後，豆豆、捲捲和小伍也出現在我病床前了，我的病房現在就好像大雜燴一樣各路人馬都有，但是低級的對話卻永遠是一致的，真不虧是和我同窗四年的好同學。

2003.12.13
星期六

今天早上一起床，傷口沒有想像中的疼痛，除了發現雞雞外露的部分顏色有點詭異以外，其它傷口似乎都在好轉中。今天老爸還沒來新竹，我可以在兩坪大的床上跳來跳去，還可以站在床上順便看到對面病人的妹妹穿著睡衣，睡眼惺忪的樣子，而且也可以在隔簾上面玩比手畫腳。總之，今天是我在小小兩坪大病床上快樂探險的好日子。在匆匆吃完早餐後，我正在想是要先偷看對面病人的妹妹，還是要先玩拇指摔角，這時，換樂二人組進來了。而我像是被抓到偷吃糖的小孩一樣，嘟著小嘴，乖乖斜躺身子等待哥哥姊姊們的關愛。今天醫生大哥熟練的把包紮的繃帶都剪開，看了一陣子後搖搖頭說：

「嗯，傷口比我想像的都來的深，所以要改用藥膏來治療。」

「今天你大腿會比較痛一點喔！」

「嗯……」

可能是今天心情比較好的關係，我並不是很在意醫生所謂的「有一點痛」，而且使用藥膏敷傷口時一開始會有冰涼的感覺頗舒服，所以完全沒有預料到，今天會是我有生以來肉體和精神最受考驗的一天。在上完藥、包完紮後，我悠哉地躺在床上等待疼痛感消失。那時正是八點左右。五分鐘後，

「呃……嗚……」

我開始在床上發出不悅地呻吟聲，因為兩邊大腿上的涼意已

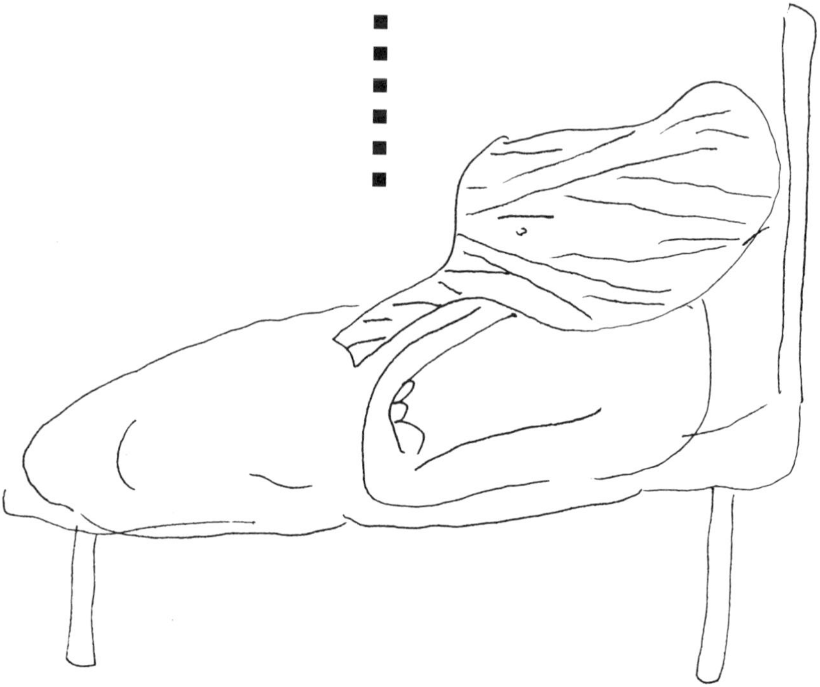

經完全消失，取而代之的是灼熱的刺痛和緊縮。因為每次包紮完後，我的傷口都會痛好一陣子才會趨於紓緩，而我以為這次也是，所以努力撐了二十分鐘，希望狀況會好轉，但是我實在受不了了。

「護士小姐，我的大腿好熱可不可以冰敷啊！」我趁著護士小姐在幫我換床單時詢問著。

「呃……醫生剛剛的單子只開給你『冷敷』喔。」

棍！有開冷敷你也不早講，老子的腳都快要燒起來了啊！於是我用一張可憐兮兮的臉對著護士小姐請求，可不可以快幫我拿來，我快受不了了。只見今天這位護士小姐慢條斯理地說：「好啊！等我一下。」於是我回到床上，繼續在床上痛苦地呻吟著，大約過了十分鐘，護士小姐出現了，她在我的床上放了用橡膠手套裝滿水後綁成的三個小水球，遠看還真有點像是三個透明無色的天線寶寶。

「這……這是什麼？」

「醫生說要冷敷啊，不過我裡頭有加一點冰喔！」

「喔……這樣喔……謝謝」於是我就像個笨蛋一樣拿起那三個天線寶寶開始在我的大腿內側磨蹭起來。哇靠！要不是痛到失去理智的話，我根本連試都不會拿來試，天線寶寶的溫度本來就不夠低（有一個甚至是常溫），而我傷口的紗布厚度少說也有0.5公分，隨便來人講個冷笑話都比這三個天線寶寶有用啊！

於是就這樣，我緊捏著四個天線寶寶，咦……怎麼多了一個？靠北！捏錯了啦～～拖了將近半小時後我大腿的傷口好像不斷被火烤一般灼痛難忍，痛到我眼淚都快飆出來了。於是我顧不得臉皮，按下了我進病院後第一次的緊急呼叫鈴求救。

「你好，請問你需要什麼幫助？」

「你……你好，我需要冰敷，是冰塊敷……」

「OK，我會通知你病床的護士幫你送過去。」

「謝謝。」

就這樣我又趴回床上，繼續靠打滾和用手在身上亂抓來轉移自己注意力。

大約又過了十分鐘，小姐替我送來一個紅色大冰枕，但是裝的僅是微冰的水，我管它三七二十一就拿來往大腿一敷，結果左敷敷右敷敷，一點狗屁用都沒有，冰枕溫度就已經不夠冰了，再加上腳上包這麼厚的紗布，結果除了在大腿上增加多餘的壓力外，其餘一點冷敷的效果都沒有。於是我又把冰枕丟到一邊去，走下床來拚命讓下半身透風，一邊扶著床緣，一邊全身顫抖地小步小步走著，企圖找到一個最不痛的姿勢。當然，這只是人失去理智後無謂的嘗試，當時爆炸性的燒灼感，我想是怎樣都紓緩不下來的。於是我用非常可怕的怨念和意志力，再度沿著床緣緩緩走近呼叫鈴。此時的我呻吟聲不斷，而且走到呼叫鈴前，我全身已經汗如雨滴，眼前一片朦朧了。

「你好，請問需要什麼幫助？」

「拜託！拜託你！我真的很需要冰塊啊！！」我對著呼叫鈴發抖地，痛苦地大喊著！

此時整個病房鴉雀無聲，除了我的喘息聲外。

其實早在半小時前，病房內的病人和家屬早應該發現我的狀況不對勁了，只是這次我是真的發飆喊了出來，因為這樣可怕的痛苦就要延燒到我的大腦和我的理智極限了。但是現在是早上九點，正是病房最忙錄的時刻，只聽到外面有人在喊：

「19D說他真的很需要冰塊！」

「但是XX正在別房間幫人換藥耶！」之類的對話，於是我暫時努力恢復理智，努力撐著。沒多久，有一陣腳步聲走近了我的隔簾，原來是對面病人的妹妹……

「請問現在方便進去嗎？」

因為我是下體和大腿受傷，所以一直無法穿褲子和內褲，她大概是怕一進來就看到我抓著雞雞在猛捶的樣子，所以才先站在布簾外面問我。

「嗯……等一下，請進」。我深呼吸了幾口大氣後，強忍著痛苦說。

「因為照顧你的護士實在太忙了，所以我先幫你拿冰塊來了。」

於是妹妹將手裡兩個裝滿冰塊的天線寶寶很溫柔地遞給我，而且不斷問我：「還需要什麼幫助嗎？」人間果然處處是溫情，尤其病房內更能讓人感受到這種溫暖。

「真的……很感謝你……可……可不可以再……幫我拿…拿個裝冰的冰枕……」

「沒問題！我馬上弄。」

拿到兩個high level的天線寶寶後我馬上倒到床上，開始把天線寶寶用力塞在我的大腿內側，我拚命地磨，拚命地磨。可是紗布實在太厚了，即使是零下十度的天線寶寶也發揮不了它要冷的功夫。我開始幻想實驗室的液態氮整個倒在我大腿上的那種快感，可惜一點屁用也沒有，我的大腿好像是灼燒太久了，已經失去對其它感覺的作用了。

「我拿來了，在這！」

妹妹很快的把裝滿冰塊的冰枕拿了過來，還一邊站在布簾後用關懷的語氣替我提供意見，我坐在家屬椅上用冰枕壓在我的大腿上，一邊顫抖，一邊努力用紳士的語氣回應她的問題。

「呃……要不要幫你把冷氣開強一點？」她看我全身是汗，細心地問，

「要不要我叫護士再幫你打劑止痛針？」

「要不要叫醫生先幫你把新塗的藥先清掉？」

「要不要我幫你那邊搧風，我頭會轉過去迴避的。」

老實講，雖然我已經痛到沒啥理智，但最後一道刺激的問

題，我還是不免會想歪歪，我知道妹妹是看我一臉生不如死的樣子才這麼問的。但就算我真的生不如死，我也不可能會趁人之危，但其實更重要的是，我會害羞。

於是在婉拒妹妹各種好心的建議後，我咬緊牙根用我最後的力氣說：「沒關係，我想……我可以再撐一下看看，」說這話時我連嘴巴都合不起來，口水只能無助的往下流。

「嗯，那你有任何需要的話，我就在對面喔！」

「真的，很謝謝你……」

於是我又開始獨行俠的奮戰。首先，現在是十點，我爸和我姊就要來看我了，我有一個特殊的個性，那就是如果是自己一人在苦的話，我會死命咬緊牙根撐下去，但是如果我有親人在周圍的話，我的意志就會軟弱下來，依賴心也會相對變重。所以我努力走到小茶几前，拿起我的手機打電話給家裡。

「喂，媽喔，叫姊和爸早上先不要來！」

「別問這麼多，不要來就是了啦！！」

「真要來也等黃昏啦！！！！」

我幾近抓狂的對著電話大喊後掛斷，然後屈著雙腿兩手撐著床，頭壓在床單上，額頭和面頰不停的滴著汗，而身體的顫抖和喘氣聲依然持續著，我一個人的戰爭就要開始了。

「媽的！這到底是什麼藥，」我不甘心地罵了一句。

我開始撐著床做出各種微小變化的動作，希望能找到一個最舒服的姿勢，但當忍受不住時我便索性抓狂，任自己的雙手在身上胡亂抓撓一番。然後深呼吸再努力撐住。大約五分鐘後，我爸打電話過來了。

「喂喂喂！你沒怎樣吧！」

「不要來啦！！」

「說什麼不要來，你等一下！！」

「不要來啦！！」

狠狠掛上電話後，我整個身體伏到床邊，眼角的眼淚又再度飆出來，因為大腿上的肉好像悶燒了一樣，不但沒有舒坦的趨向，反而愈燒愈烈了。

不知過了多久，我的隔簾突然被拉開，是我老爸！我看到我老爸那張驚慌的臉就好像看到鬼一樣，其實照我當時的認知，和老爸後來的描述下，我那時的姿勢是弓曲著身體扶著床沿，兩手撐著顫抖，哭喪著臉淚流滿面，嘴角下彎微張發抖，口水、眼淚和汗水不斷滴到床單上。老實講，我真後悔沒向護士要面鏡子來看看，說不定自己嚇昏之後就不會這麼痛苦了。在一看到我老爸出現，我的身體馬上抽搐了起來，而眼淚也飛噴出來。我爸衝過來把我身體整個撐住，將我扶到家屬椅上坐著，我好像找到發洩管道似地抓著老爸的雙臂問：「怎麼會這麼痛，為什麼會這麼痛？」我的眼淚不斷激流而出。

「你先坐下，我幫你冰敷！」

接下來這一段，我已經忘記發生什麼事了，我只知道我身體抖得很厲害，眼淚不停地流著。

我的精神被打敗了，在我爸出現後，我徹底地崩潰了。

後來比較有印象的，是我姊在幫我壓著冰敷袋，而我大喊著「不要碰我」。雖然冰敷持續著，但我的大腿除了痛以外還是沒有其它感覺，身體依然在抽搐，而我爸則去樓下找醫生詢問我的狀況，對面妹妹跑去櫃檯幫我找護士。在我顫抖的期間，還曾經發生所謂的「間歇性休克」。總之這是我這輩子最難忘但也最不想記起來的事。後來護士跑來為全身顫抖的我打了一劑止痛劑，其實止痛劑至少要隔六小時才能打第二針，但是我狀況太糟了，所以這次十一點半打針時只和八點鐘打的針隔了三個半小時而已。打完止痛劑後腳上的灼熱感依舊，但我的意識和感覺似乎沒有那麼強烈，身體也不再顫抖了。後來我被扶到床上冰敷，我原本以為事情已經不能再糟了，結果——「抽筋了！！」我嘶喊著。

「啊！我大腿抽筋了！」

於是我爸和我姊又忙成一團，拚命幫我按摩和持續冰敷。

過了幾分鐘，我的腳好一點了，而醫生突然出現在我床邊，他用和善的語氣對我說了一些話，我沒聽清楚他說啥，我只知道我用顫抖的語氣對他說：「痛成這樣……太誇張了吧！」然後飆了兩行眼淚給他看。

後來我爸簽了「手術後疼痛控制器」的同意書，簡單講就是手觸控的麻藥注射器，只要我痛時按一下，麻藥就會打進身體內。護士小姐在我體內放針頭時，一開始是插右手手臂，她解釋說要插到靜脈裡然後做固定，之後方便注入麻藥和點滴。我感覺到針頭插的很深，穿過皮膚、筋肉的感覺相當清楚。要是平常我一定會緊張的要命，但是如今我一點也不介意，因為這種痛和剛剛比起來簡直像是讓盲人按摩。

「怎麼回流的這麼少？啊，破了」護士姊姊平淡地說著

「破了?」

「穿出靜脈了。」

「不會吧!」我無力地看著護士姊姊，露出一臉哀怨的表情。

「那我換個地方吧!」護士姊姊抓起我右手，在無名指和小指之間的靜脈用碘酒使勁擦。我猜到自己大概還要再住院一陣子，所以右手很重要，於是我發出微弱的哀號聲:「可不可以插左手……」

就這樣，接下來的三天，我的左手手背上都插著一根針，同

■■■■■■

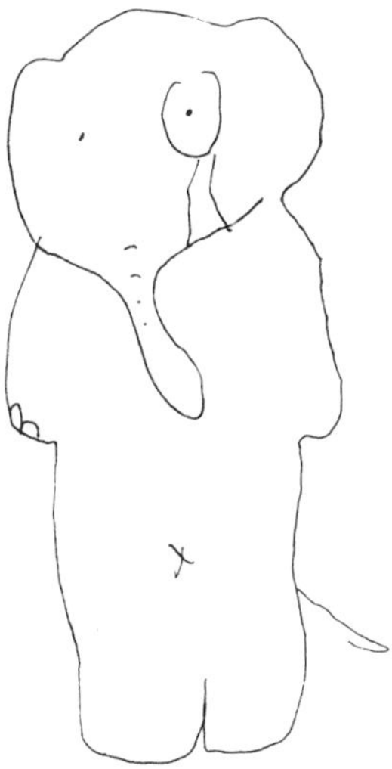

時接著麻藥包和點滴，而且日後還會給我「漏水」和「漏血」，看了真是滿圈叉的。

一裝上麻藥後，我像抓狂似的猛按按鈕，嘴裡還一邊說：「怎麼沒有比較好？」

後來我才知道，麻藥機要五分鐘才接受一次指令，而且一小時內最多只注射固定的量，所以我同時間按再多次也沒用。

中午十二點左右，我按下第一次麻藥機。那種感覺並不會讓人有所謂「上癮」的感覺，我只覺有涼涼的液體流入手背，然後接下來就是肩膀一陣痠，這種感覺延伸到後腦勺，然後感覺有一點暈麻。但老實講，一點也沒有我所期待的超強麻醉效果，我的大腿依然灼痛不已，只是我變得容易昏睡過去，這大概是麻藥機對我最大的好處。但是我爸不知道我的狀況，每次都叫我起來吃藥或是吃飯，醒來時我又會疼痛不已，每次都在鬧脾氣的情況下才能繼續躺下來昏睡來麻痺自己。

就這樣，我醒來又昏睡過去，醒來又昏睡過去，就這樣來回四五次後不知不覺已經晚上八點了。而我大腿的傷口也已經不太痛了。晚上，我勉強吃了點東西後，聽了我爸從醫生那邊聽來的訊息。原來我的皮膚狀況一直沒想像中樂觀，最初以為用浸溼的藥布替傷口做保護和消毒就夠了，但沒想到包皮的顏色和傷口上的壞死組織一直沒有改善。如果壞死組織再不脫落的話，我八成就得用手術進行「刮除手術」。因此醫生才決定先用燙傷時最常用的一種藥膏來替我「吸附壞死皮膚和髒東西」，不過這種藥有刺激性，再加上我冷敷的時間太晚了，讓灼熱感已經完全發揮效果，所以這次才會讓我這麼痛苦不堪。其實後來想想，如果一開始就用這種藥膏替我治療的話，那也許我就不用已經等傷口長了這麼多髒東西和發炎後，才被這種強效藥膏燒到快死翹翹吧。只是這種藥膏一罐三千塊，而且一罐只能用在一個人身上；也難怪醫生要觀察這麼多天後才決定替我用這種療法。只是「真他媽有夠痛，而且真他媽痛有夠久的啊！」，以上是我對今天一整天所做出的結語，我覺得這樣形容還不夠強烈。不過看在這種藥的藥效真的很好的份上，今天就當作是人生的一個難忘的回憶吧。

對了，印象中張力和馬克有來看我，等麻藥消退後我才和我老爸確認。不過我已經沒印象我和他們說了啥了，真是抱歉。如果我有承諾要再裸奔一次，或是出院後要當眾展示小雞雞的功能之類的話，拜託，請當作我沒說。

2003.12.14
星期日

今天是禮拜日，在經歷昨天痛苦的治療後，我一直對接下來的**包紮**感到害怕不已，於是在包紮開始前，我就嗶嗶嗶的按下麻藥機，雖然我知道按三下的效果和只按一下是相同的，但手就是會不自覺多按幾下。今天的**包紮**只有女醫師和護士親自來進行，因為週日的關係，所以主治的男醫師放假去了。女醫師很小心翼翼的替我拆紮和上藥，可能很少一個人單獨上陣吧，有些小地方經護士和我爸的提醒後才順利包紮完畢。今天包紮得還不錯，沒有擋到尿道口，而且重點是不會大痛，聽醫生講應該是因為昨天已經把大部分的「髒東西」吸起來清掉了，所以今天會好很多。聽她這麼一講，我突然覺得麻藥機的錢花的有點浪費了（健保不給付）。今天灼熱感大概一小時就結束了，而且也沒有昨天劇烈。我坐起來看看自己的點滴和麻藥機接到自己手上的針頭裡，實在有點可怕，雖然插的是軟針，但是心裡就是覺得毛毛的。再加上後來還會「漏水」，害本來就有點怕血的我整天實在不太敢動自己的左手。

今天，對面鼻子開刀的病人預定中午左右就要出院了，而她妹妹早上還拿了兩本《壹周刊》來探望我，我心裡真的很感動，很想請她留個電話姓名，好他日報答，可惜我的種被燒好了，最後還是只有口頭上道謝幾句後，一直到他們中午離開前，在我還沒能把握機會表達報答之意前，這緣分就斷了。

我對面鼻子開刀的年輕人在中午時，終於脫離苦海出院去了，看到別人出院心中不免替他高興。只是想到自己還要繼續在這小小病床和疼痛奮鬥，想起來還真有點感傷。今天在對面病患出院沒多久後馬上就有一個新病患住進來了，這是一個看起來很剽悍、皮膚黝黑的中年男子，職業是鋼鐵回收業，身體很粗勇，講話孔武有力，操台語口音，看起來很像原住民，似乎不太會寫字，年約四十五歲。其中比較奇特的是，陪他來醫院的是他的十一歲的小女兒，皮膚也很黑，看起來就像一般的小女生一樣，沒有太多值得注意的事，除了日後發現小女孩頗會賴床外。

這個粗壯的男人住院的原因很有趣，他是在忙著搬東西時，被一條狗從後面無聲無息地咬了一口，這真是印證了「會叫的狗不咬人，不叫的狗會咬人」。男人在被咬的最初幾天，隨便找了家小診所要了點消炎藥，結果沒想到過幾天後傷口反而潰爛不止，所以最後只好來大醫院求診看傷。男人剛進院時還打手機交待部下工作和搬運的事，從他打電話的內容可推得他是一個非常強調「責任感」的男人，所以在電話中責罵屬下的態度相當強硬，這點讓我感到幾分讚許。他講話的音量相當響亮而低沈，比起便當的音量有過之而無不及，不過，今天是我最後一次聽到他孔武有力的聲音，因為等他從手術房回來後，我最常聽到從他嘴裡發出來的，是氣若游絲的呻吟聲：

「唉唷……那欸將裡痛咧」（閩南話，怎麼會這麼痛）

「唉唷……夭壽喔……」（閩南話，要命喔）

雖然看起來很痛苦，但他的小孩還是繼續在旁邊亂他。除此之外，我還從他和她女兒的對話中知道男人頗好飲酒，因為他女兒曾在他最痛苦呻吟的時候問他：

「拔拔啊，星期九，猴子去做啥？」

「……喂！！你最喜歡的耶，去喝酒啦！」

這麼帶有心機的問答讓我了解到這小女孩相當有從政的資

質，這也是為什麼我每次尿尿都會禮讓她先。
另外，男人原本和我一樣在住院第一天時都自以為住個兩三天就能回家了，但從目前他抽血檢驗的結果，再加上他腳上的傷口發炎，他很可能會在醫院收到聖誕老公公在他床頭襪子裡塞的禮物。

是的，以上所有無聊的身家調查遊戲就是我今天的日記，我猜是因為昨天大腿的過度灼燒害我腦袋連帶被燒壞了，再加上身上掛了點滴和麻藥機，所以我也沒辦法隨

便移動做病房觀察，因為我連尿尿都得靠老爸用尿壺在床邊幫我接才行。對了，昨天早上護士有問我幾天沒痾便便了。那時我才想起來我原本就兩天沒痾了，但是加上昨天下半身正處於油鍋的煎熬，壓根兒不會去介意拉過屎沒，所以再加上今天，我已經有三天半沒過拉屎了，對於長時間都躺在床上的病人而言，腸胃不順和蠕動不正常，可以說是最常發生的併發症，而我也不例外。所以今天晚上，我勉強抓著活動式點滴架來廁所痾看看，希望能有些進展。結果大約痾了一個小時，除了拉了三泡尿和十幾砲屁以外，我什麼狗大便也沒拉出來，後來我只好無奈地回到床上要睡覺。但是其實我已經預見到，明天大概又要有一番腥風血雨了。

2003.12.15
星期一

凌晨一點，我的腦袋依然很清醒。因為我對躺在我對面的男人很有興趣，所以常常會仔細聽看看對面的對話和聲響，但礙於隔簾，我鮮少有機會看清楚他們的面貌和行為。今天晚上對男人而言是新鮮的一夜。因為還沒開刀，所以顯然他睡得很安穩，但如果他知道自己過了今天動完手術後的那副慘狀後，那也許就沒法像幾個小時前那樣生龍活虎又豪爽地聊天開槓了。

一點半左右，我看著三截式的點滴，並思索著其中的物理原理。接下來我想著自己住院一天保險才給付一千的事實，我連麻藥費都快付不起了。然後我又開始陸續**幻想**一堆無關緊要的鳥事。終於，我在凌晨三點時為自己的沈思做出了總結——「我要逃院」。

沒錯，這是我無意義**幻想**了兩、三個小時後的結論，和之前的**幻想**完全扯不上關係的。我開始在腦中想像逃亡路線，雖然我橫著進來後再也沒直著走出病房過，不過別擔心，因為我連病房外的擺設都事先**幻想**好了。首先，我必須讓自己看起來不像病人，所以我決定偷躺在一旁呼呼大睡的老爸的衣服，但是要怎樣才能讓我老爸不被驚醒？我想到桌上3M的耳塞。接下來，在和老爸衣服互換完畢後，我把鬍子刮一刮，臉也洗洗、梳整一番，然後把老爸抬到我的病床上蓋上棉被。最後再按下緊急鈕對醫護人員大叫：「救命啊！我的小雞雞燒起來了啊，救命啊，來人救救我啊！啊，我昏倒了！」

當一喊完，我立刻關燈躲到大門後面，等到搶救雞雞大隊趕來救援時，再趁他們不注意快步衝出病房，然後坐電梯直達一樓。如此一來，在我老爸的命根子被載上氧氣罩之前，我應該已經平安地抵達醫院大廳，輕鬆的邁出大門了。

在我看來，整個計畫都相當完美，但最終失敗的原因只有一點，那就是在計畫到「關燈躲在門後面」這一步時，我就已經睡著了。

而後面的劇情模擬都是在夢中完成的。

現在是早上八點十分，我難得睡得還不錯，醒來看一看插在左手上的針頭和接

管，他媽的血又倒流出來了。我開始佩服女生如何克服每個月要浴血一次的恐懼感，因為我光用想的都會起雞皮。在抬高點滴瓶和吃兩片青箭口香糖後，換藥的醫生們出現了。

「怎樣，和前天比起來好一點了吧?」男醫師很熱心地問我。

(「對啊，就算我大腿噴血或是小雞雞被扭斷，也還是比前天好一百倍啊！」)以上純**幻想**。

「好很多了，謝謝醫生，」我將頭傾一邊，露出陽光般的笑容回應著。

「嗯，今天狀況好很多了，肚子已經不用再包紮了。」醫生哥哥在翻攪過人體餐盤上的肉屑後，很輕鬆地對我說。

「那真是太好了」身為餐盤的我，不得不和著醫生的話。今天的包紮算是小case，但是大腿的燒灼感讓我不得不在病床上躺了一個早上。早上，對面男人在血液報告出爐後，醫生親自來和他說了一些事情，在聽完自己可能有糖尿病，且肝功能狀況很差的情況下，男人的表情顯然稱不上好。但是醫生離開後，在他一旁的女兒很貼心地靠近她拔拔，用天真無邪的語氣問道：「拔拔，你是不是有糖尿病，糖尿病耶？而且你是不是再也不能喝酒了啊，拔拔？」

「再也不能喝酒了喔！！！」小女孩不斷用利刃重複揮砍著她身旁的男人。男人默默躺在床上，不發一語，我想他現在應該百感交集。

今天我左邊那位壓迫性骨折的老爺爺要出院了；於是，我的左邊充滿著熱絡愉快的氣氛，而對面則是灰暗陰沉。我想，這就是所謂的人生吧。老爺爺出院了，但是左邊的病床似乎耐不住寂寞，所以在老爺爺出院沒多久，病床上馬上又出現一位新病患，這次是一位外省人，年約七十，操著我快聽不懂的國語。這位老爺爺講話也是大嗓門，老是讓人誤會他脾氣很暴躁，河南人，老婆也是大陸來的，年齡差距頗大。他有紋身，是位老榮民，似乎經歷過不少老將時代的戰事。聽他津津樂道許多大陸和台灣的政治理念後，我必須坦承一件事，那就是我聽不懂他的中文。因此我只好再次將焦點集中在對面的男人身上，但是下午四點左右，男人被推進開刀房進行「爛肉刮除手術」，所以我只好一個人乖乖地躺在床上，無聊地撕著我肚子和手掌上還沒掉落的焦皮。晚上六點左右，在吃完晚餐後，我老爸問我多久沒痾屎了。經老爸這麼一提醒，我才想起來該我頭大了，

「慘了，第四天了。」我苦惱地說著，於是把全身上下所有行頭都帶齊後，便步履蹣跚地向廁所前進。

「呃……嗚……啊啊啊！」

我在廁所裡蹲了將近四十分鐘後，深深地體會了一件事，那就是，即使有千軍萬馬奔湧而來，但若狹道被落石堵住的話，那有再多兵力也是枉然。

因此在滿身是汗地爬出廁所後，我對著老爸說：「我想，我

們需要現代科技的幫忙，」在老爸發出徵召令後，一支優良的爆破部隊馬上出現在我和我老爸面前：「來，這是通腸藥，我幫你從後面塞進去就行了，」護士阿姨很熱心地在我面前展示著核彈頭。

「呃……護士小姐，你可不可以告訴我們怎麼塞就行，我爸會幫我塞。」

「呃……好吧，先用潤滑劑塗在肛門周圍，」

「然後，把通腸藥小心地塞進肛門內，大約這麼深的地方，」護士小姐用手比了一段深度，然後緊接著做出一個核彈發射的動作。

「喔～～」我和我老爸看得目不轉睛，原來要征服全世界沒有那麼困難嘛。於是我和我老爸進到廁所裡，準備來場驚天動地的大核爆。首先，我爸先在我的肛門周圍抹上一層潤滑劑，等到一切都準備就緒後，我爸說了一句：「要塞了喔！」

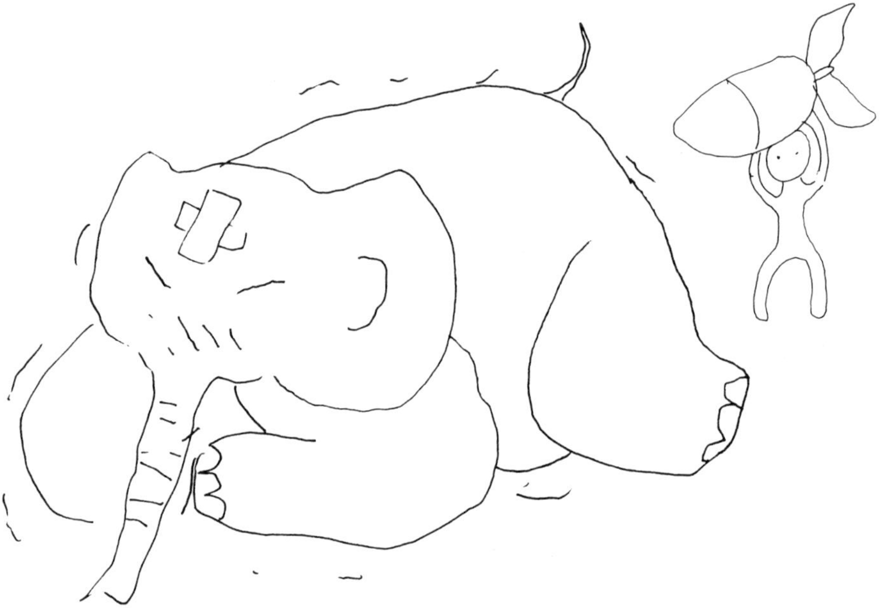

「嗯！來吧！」我咬緊牙根，準備接受如同卡通裡被灌腸時那般誇張的衝擊。

「噗滋……**塞**好了。」老爸用平淡的口吻說。

「老爸，你會不會**塞**太淺了點，人家電視上都演得很誇張耶！」

「夠了啦！沒問題，這樣夠深了啦！」老爸用手比了一個深度，不知道有沒有護士小姐比的三分之一長。

「搞什麼，太淺了啦！！」我很憤怒，因為我知道這樣鐵定炸不掉狹道上的大石頭……

「要不然你就先試試看好了，護士小姐說要憋個二十分鐘比較好喔！」

「你這種**塞**法根本沒效果，就算二十個小時我要拉也拉不出來啦！！！」

「…………好啦，反正你試試看就是了，拉不出來我再去找護士小姐看看。」

「真的是講不聽哪，都說要塞進去一點了，這下我屎定了啦！」於是我只好無奈地夾著屁股在馬桶上等待著，而時間也一點一滴過去了……

「多久了？」我朝門外喊。

「呃！三十分鐘了。」

「靠！老爸攏你害欸啦～～我從頭到尾都只有氣爆啦！！」

「你等一下，我去找護士小姐來。」我老爸把很迅速地將剛才那位爆破人員請了過來。

「先生，要不然我再幫你塞一粒好不好？」爆破人員語氣中帶著藝屎不歸的驚人氣勢。

「呃……不用了，我再看看好了。」一想到已經犧牲這麼多，而且屁股附近還沾滿淤泥的慘狀下，我實在沒辦法拉下臉讓別人再繼續淌這趟渾水。

「是喔，那需要幫忙的話，再通知我，」爆破人員收完引線後自行離去，雖然在接下來一個小時內她曾多次想來探我的班，但都被我以「危險！即將引爆！」為由而婉拒掉。

「行不行啊，直接找護士幫你塞不就好了。」

「老爸都你害的，還講什麼風涼話啦，我自己塞的都比你深啦！！」

「咦，妹妹你要噓噓嗎！哥哥還在廁所裡頭，我帶你到外面上好不好？」靠，外面站著的不是國家未來的棟樑兼政治界的奇女子嗎？老爸你兒子這下被你害慘了啊，人家元首級的屁股要拉屎豈是我這種平凡人的「卡撐」（閩南話，屁股）所能擔擱的～想想我還真無聊，但是沒想到才剛想完時，我體內不知怎麼的，湧出了一鼓前所未有的爆發力。

「轟！在這個moment，我就要爆了啊～～～～～」

「噗通！噗通！噗通噗通噗通噗通……噗滋滋滋滋滋滋滋滋～～」

娘的，還會鼻牽絲。「啊！哇出運啊（閩南話，我父好運了）～～～～～～」我欣喜若狂，不顧一切地向門外報喜訊。

「哇出運啊！哇出運啊！！」此時我似乎看到了門外的父親、護士、小女孩、NASA總部和美國國安局的所有同仁們興奮地站起來鼓掌歡呼，甚至相擁而泣的感人場面。

「恭喜你，這次的行動很成功！」和國安局局長握完手後，我也順便省掉了洗手的功夫，然後在經歷如此冗長艱辛的兩個小時後，我終於回到床上，呼呼地睡著了。

等我醒來時對面的男人已經回來了，只見他唉聲嘆氣，而天真無邪的小妹妹則坐在一旁細心地照顧他，並問了一些天真無邪的小問題，例如「拔拔，你還敢喝酒嗎？說看看啊～你還敢喝酒嗎？說嘛！拔拔～～」

我想，男人的惡夢還沒結束。

2003.12.16
星期二

麻藥機的使用價位是三天六千元台幣，這些錢夠我在黑市買顆核彈頭還附說明書了。今天是拿掉**麻藥機**的日子，一大早就有護士小姐頻頻來向我建議在剩餘的時間內，要充分「利用」**麻藥機**。這是什麼意思，要我不痛不癢時也每隔五分鐘爽一劑嗎？其實我曾想過吃不完的話乾脆打包回家算了，不過聽說這樣是犯法的，所以看著**麻藥機**，我只能搖頭興嘆，好吧，只要有一點不爽的話就按一下好了。於是打一個哈欠我就按一下，下床尿尿我也按一下，屁股癢癢我也按一下，不知不覺一個早上我已經按四、五下了。後來想想，像這類的醫療用品本來就是這樣，打麻藥這種事是不能強求的，除非你剛好認識人渣朋友，人渣朋友剛好認識藥頭，而藥頭剛好願意拿麻藥換鈔票讓你爽一發，然後你剛好能在口吐白沫中毒死翹翹前爽完一次。否則，別太眷戀這樣無聊的愛情。在徹底想清楚後，我再也沒去按那個**麻藥機**，直到機器拆除前，我在醫護人員的建議下按了最後一次鈕來免除拔針頭的痛苦。

拿掉點滴後已經是晚上六點了，雖然整個白天都爽掉了，但是晚上還是得做點正經事，我拿起布滿灰塵的VLSI Technology起來看一下，唉！最好住院還有辦法唸專業書籍啦，屁股坐直在床上，沒兩下床單就被汗給浸溼了，而且床上附的用餐板又狹窄，放個nb查單字就快沒空間了；再加上大腿和鼠蹊部的傷口，每次要查個單字都要辛苦撐起身子，再輕輕將身體斜躺回去，這樣一來一往，連剛剛查什麼字我自己都忘了。於是我再度將課本丟回桌上，拿起電腦用最舒服的姿勢來記錄我的日記，隨興的修改，隨興的想像。我想，對於還在住院的人而言，還是做到這種程度的工作就好了。

今晚是我住院以來第一次走出病房大門，一開始走長途有點吃力，但走了一陣子後，腳也慢慢習慣了。因為拆掉了點滴和**麻藥機**後，我的行動也自由多了，而且也只有看到我適應得還不錯的樣子，我老爸才能安心回家個兩三天處理一些事情。病房外的世界對我是新鮮的，雖然在之後看起來，一切都是那麼微不足道；但就目前的我而言，能走出病房呼吸點不一樣的空氣，已經是老天的恩賜了。在老爸指引和交代了一些事情後，我回到了病床上坐著打電腦，順便聽點音樂。就在同時，突然想起來豆豆之前宿舍斷網時曾用手機連線上網過，對我而言，這是一個小小的病房生活中，大大的新發現。我似乎已經看到自己和久未聯繫的朋友們再度透過網路來互相寒暄問好，也似乎看到我腦袋內近兩個禮拜的資訊空窗期即將再度被填滿，就這樣，我滿懷著興奮的心情向自己保證，今晚一定會有個好夢；而明天，我相信這小小的願望就要實現。

2003.12.17

星期三

今天一大早起來我就注意到，對面病房的小妹妹的長髮變平頭了、身高變矮了、臉形變瘦了、而且出現了像猴子般的雜耍動作。好吧，我得承認我花了一段不算短的時間後才接受小女孩已經被男人替換掉的事實。今天天氣不錯，老實講，這裡根本是恆溫，就算窗外颳風下雨我還是會覺得天氣不錯。既然今天天氣不錯，那出去病房外走走應該是個不錯的選擇。於是趁著老爸去買

早餐的同時，我也打算下床去散個步。但是就當我雙腳剛碰地的一瞬間，換藥特勤組勢如破竹從天而降，三人在解開腰間的懸掛帶後，很熟練地在地上滾了幾圈，並且快速逼近全身充滿精力與彈藥的恐怖小雞雞身旁。其中，以男醫師為主的隊長很迅速地在小雞雞發射彈藥前就先發制人，用矯捷的身手奮力將雞雞的身體壓倒。在成功的壓制小雞雞後，女副隊長更是快速取出腰間的棉花棒頂在小雞雞的頭上，並大喝一聲「這是醫生！不許動！」我在這裡必須澄清一點，生殖器受損的話，通常比較容易受刺激（整根被燒掉的，不在此限），再加上剛醒來尿急，所以通常會有所謂的「非主觀意識性勃起症候群」，講明白一點就是「嘴裡說不要，但身體倒是老實得很！」因此就像是看牙醫要先刷牙一樣，看這種燙傷時也要先避免小雞雞可能在那邊動來動去而干擾看診，這是禮貌，也是常識。於是在我告知醫生尿急不方便換藥的同時，我也成功地化解了拆完繃帶後，可能出現一個全身是洞的恐怖份子在兩女一男前抖來抖去的危機。

包紮完後，我在床上躺了許久一直遲遲無法下床，看來沒有麻藥機果然還是有差。今天比昨天痛多了，雖然和前些日子比起來這只是一塊蛋糕，但多少還是影響到我吃早餐的食慾。吃完早餐後我便和老爸說拜拜，而接下來的兩天，我得獨自度過。早上九點，老爸離開後，我打電話給同學豆豆，要他借手機讓我上網。掛上電話後，我順手從旁邊拔一根**香蕉**，因為老爸說**香蕉**能治便祕，所以他買了一卡車，不過可能是觸景傷情的關係，我剝皮的右手在**香蕉**上抖了許久。但是最後還是在核武威脅下，一口氣吞了六根……**香蕉**果然治便祕，吃完六條**香蕉**後，我也很順利地在馬桶上噴了一個多小時，等我從廁所爬回來時，已經是中午十二點了。

下午，我修剪了過長的紗布，也順便替大腿抓了癢後，坐在床上等候豆豆到來。對面的男人下床了，他坐上輪椅後，小男孩推著他在醫院裡到處逛。閒逛半小時後，他們回來了，男人雙眼呆滯，看起來好像剛坐過雲霄飛車，他爬回床上，而小男孩則自己推著輪椅在病房裡滑來滑去。

「他怎麼了？」男孩看著截肢的老伯問老婆婆。

「他喔！他就是不乖，所以腳被切掉了！」老太婆用怪里怪氣的音調回應著。

「所以啊！你要乖乖聽話，不然腳就會跟他一樣！」老太婆尖銳地刺激一旁的老頭子，小男孩聽完後不發一語，推著輪椅默默地回到對面椅子上發著呆。

晚上九點，阿輝和豆豆幫我帶手機來上網，上網失敗，原因不明，只是電腦老是顯示USB-dual serial什麼的，一直安裝失敗，就算用xp光碟也沒辦法。於是我只好和阿輝、豆豆他們隨便聊天解悶，然後又在醫院裡胡亂逛了一陣後，才回到病房和他們道別。回到床上，我愈想愈不甘心，於是我決定開始問候比爾蓋茲他全家人。但是，就當我問候到比爾他家的狗時，手機突然響起：「喂，你還沒睡吧？」

「嗯啊，豆豆？什麼事？」

「我剛剛才想起來，我那個手機上網要裝驅動程式啦！哈～」

掛上電話後，我開始問候豆豆家裡的狗。

2003.12.18
星期四

凌晨三點整，斜對角的老婆婆開始上她的客家話教學，這堂課雖然不用錢，但我還想花錢請她不要再教了。半夜，在經歷老大婆一陣無厘頭的怒吼後，整間病房的人都醒過來了。大家在醒來後的第一件事，便是下床排隊尿尿，媽的，看來半夜三點打電話叫人起來尿尿是有醫學根據的。斜對角的老大婆在鬼叫半小時後，總算安靜了下來。今天是她住院以來最吵的一次，雖然我不太清楚她在吼什麼小，但從她摻雜的人類語言裡，我隱約聽得出來大概又是老頭子半夜不睡，爬起來東摸西摸之類的吧。其實從我住院以來，就一直佩服老伯的神經能這麼粗。當初他之所以截肢，就是因為腳受傷之後還一直用手去摳，而他又剛好有糖尿病；所以一直摳，一直摳，最後整隻腳就摳爛了。在我聽來，這有點像是網路上票選第一名的冷笑話，不過這麼冷的笑話竟然活生生地發生在我眼前。原本老伯在動完截肢手術後應該就沒什麼大礙了，不過即使在醫生威脅他如果再摳下去，腳可能要再切掉一截的情況下，老伯依然努力不懈地摳著他剛開完刀的傷口。在醫院待了兩個禮拜，我發現這裡的奇人異事真不少，不過像我這種吃東西都能燙爛小鳥的人，實在也沒資格說什麼。

早上八點二十，護士小姐拿送餐盒來了。今天的送來的早餐裡除了豆芽菜以外，其它沒有一坨我認得出來是什麼，而且把它們混在一起，說不定會發生爆炸。

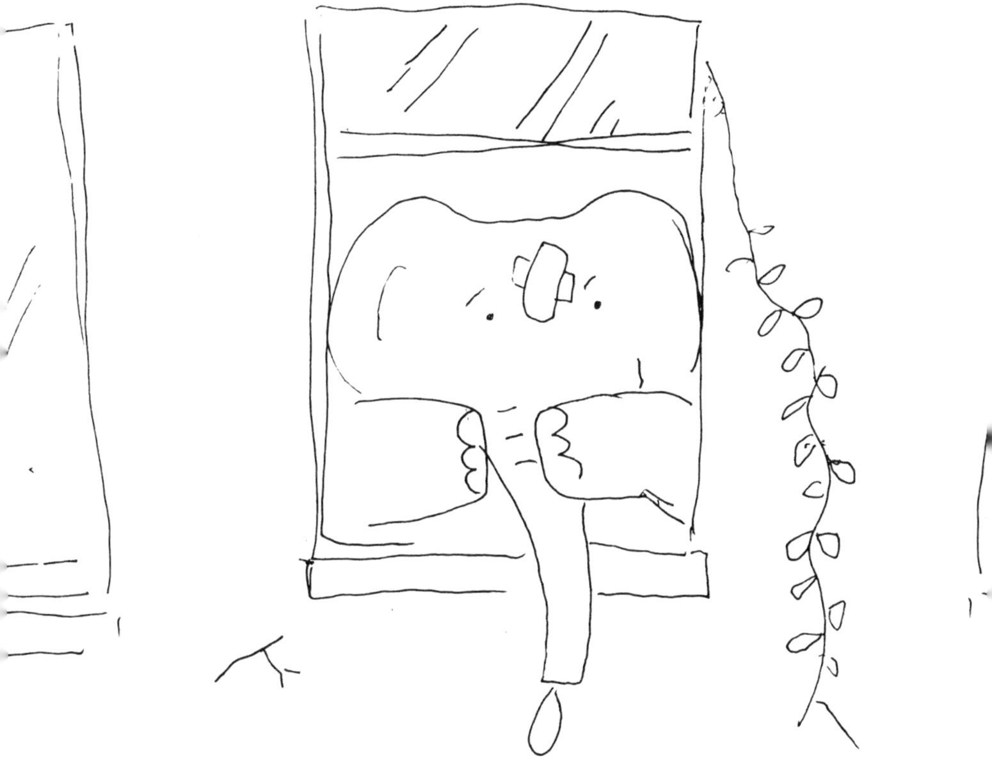

八點四十，醫生和護士推著車子來替我換藥了

「嗯，還不錯，你大腿已經恢復得差不多了！」難得的好消息，所以我的雞雞爛了，對吧？

其實到目前為止，醫生一直對傷口保持著樂觀的態度，但我還是懷疑下禮拜能不能出院。雖然我兩邊大腿的傷口已經好很多，灼熱感也已經消失，但每次換藥時，我胯下的傷口還是會痛到讓我哇哇大叫。

今天在看過傷口後，醫生告訴護士我的**左腿**不用再包了，這也是我住院以來第一次覺得傷口有進展。不過在看過他所謂「不用包的**左腿**」後，我開始慶幸今天的早餐疑似爆裂物，要不然吃再多也會吐出來。

靠，怎麼會這麼像猴子屁股。只見我**左腿**內側的傷口紅不拉嘰的一片，上面還沾滿了各式各樣大小不一的柴魚片，不過最神奇的是，在我紅通通的傷口中央部位，竟然多了一圈深紅色的花

紋，而這也證實我身上有兩個屁股的想法。今天我的**左腿**不用再包紮了，但我的雞雞還是包得像北極熊一樣，我很想在它頭塞兩拳讓它變貓熊。

今天，我的胯下依然包著今年秋冬最流行的白色系，而這也讓我不禁想在上面寫些東西當作紀念。以前暑假，有個同學爬樓梯表演特技摔斷了腿，在聽到消息後，我和幾個同學很夠義氣地到醫院探望他，順便在他腳上的石膏上寫了一些祝福語，祝他早日康復。不過可能是寫上癮了，大家在發現位置不夠寫的情況下，決定打斷他另一條腿。從這個感人的故事裡，我除了體會到男人真摯的友情外，也了解到是該替自己寫些東西留點紀念了。

剩蛋節之歌

作詞 LogyDog 作曲 外國人

「血花隨風飄，羊肉爐裡燒，剩蛋老公公，哭著他的小鳥，」

「經過了治煉，滷過了小鳥，躺在醫院滿堂唉叫最後還丟掉，」

「滴滴燙，滴滴燙，唉聲多響亮，」

「你看它呀不畏滾燙，燒滴多麼紅亮，」

「滴滴燙，滴滴燙，唉聲多響亮，」

「它給我們帶來歡笑，大家洗羊羊。」

「repeat」

早上，對面的小男孩突然把頭探進我的布簾裡，這突來的到訪嚇到我了，因為我正好兩腳開開準備撕掉大腿上的皮屑。小男孩走進來，他顯然對我桌上的電腦感到好奇，而我也對他有沒有認識十八歲以上的姊姊感到興趣。於是兩人在一陣相談甚歡後，我很大方地把我的nb借他拿回去，接著對面就不時傳來一陣陣「好帥！好帥！」的聲音。說真的，我認識筆記型電腦這麼久了，從來不知道它有這麼帥。

中午十二點左右，豆芽幫帶驅動程式來給我，不過他的確只帶了驅動程式來，其它接線什麼都沒有帶。只不過他在不甘心白跑兩趟，於是在晚餐趕著meeting前終於還是幫我跑了第三趟，只不過這次總算帶齊了。下午五點左右，我的nb還在對面的床上，所以我只好一個人瞪著手機想像已經在上網的樣子，然後癡呆地笑了半小時。晚上在浴室梳洗時，病房外傳來了一陣陣優美的合唱，醫護人員們為了慶祝聖誕節到來，正在用歌聲替受苦的病人帶來溫暖。在聽到這麼溫馨的歌聲後，病房很快安靜下來。而此時聽著門外美妙的旋律，我內心也有一種說不出來的感動。

病房外的歌聲結束了，在經歷了二十分鐘後。我原本想報以熱烈的掌聲表達我心裡的感動和感謝，但是拍手拍了一響，而周圍還是一片死寂時，我也只好機警地罵了一句：「死蚊子！」

手機上網一分鐘一塊錢，豆豆借我的是種子牌的，於是在網路上燒掉了兩張國父後，我很識時務地準備下線睡覺，雖然每天只能上網兩、三小時，但這和我之前只能靠發呆和傻笑來磨時間比起來，已經是半個天堂了。現在是晚上十點，為了慶祝聖誕節到來，我決定今晚不洗頭、洗臉，也不刮鬍子，因為打扮再整齊，來換藥的醫生、護士也不會多看我腹部以上的地方一眼。晚上十點二十分，我照慣例關上燈準備睡覺。不過隔壁的外省老伯也照他的慣例開始拉屎了。本來這沒什麼好稀奇，人生自古誰無屎。只不過老伯這次玩過火了，他很豪爽地把病房當作廁所，而

#*◎&※★!

病床則成了他的馬桶。講白話一點，隔壁的老伯把便便拉得滿床滿地，但是最氣人的是，他竟然把便便甩到我的床位來，「老伯，你是隔山拉屎喔，怎麼拉的？竟能拉到我這裡來？」雖然我對屎老頭處變不驚地栽贓技巧感到莫名的讚嘆與不爽，不過真正倒楣的，還是趕來處理的護士小姐。今天是護士小姐最悲情的一天，看著值班的護士小姐「浴雪（shit）糞戰」的模樣，我也只能默默地把頭轉過去，將耳塞塞進鼻孔裡。

2003.12.19
星期五

以前上通識課時，認識了兩個清大來的同學。因為那時候樂團正好在風行，所以我也很自然地和他們聊起這個話題。我告訴他們如果有興趣的話，何不組個band來玩玩，而且我也強烈建議他們最好能用自己的學校當團名，因為這樣不小心出名的話才能為校爭光——「清大band」。

是的，護士小姐在頻繁地進出好幾趟後，總算把**大便**清完，而清大的同學也總算把我揍夠了。今天護士小姐在辛苦「糞戰」下，噁心的**大便**味終於逐漸消失了，而護士小姐的語氣也總算恢復到之前溫柔甜美的樣子，這和一個小時前那副想拿針筒捅老伯屁眼的樣子簡直是天壤之別，不過老伯的態度的確是太差了。凌晨一點，我的隔簾內還殘存著隔壁栽贓丟過來的證物，那是一片用力甩手時所留下來的**大便**痕。不過因為越過界，所以護士小姐也無法將它逮捕歸案。雖然那只是薄薄的一片，但我怎樣都忘不了它的存在。今天從早上醒來，我就一直企圖裝作沒看到那片痢屎的遺跡，不過人就是這麼賤，你愈是想忽略的事，就偏偏愈是會去注意它。今天上網時，我的眼睛總是會不自覺地看著它，換藥時會看著它，就連在吃早餐時，我的視線，還是會克制不住地往那邊飄過去。這對一個只會在劇本裡塞**大便**戲的人而言，真是活生生的報應。早上，我原本我想按鈴請護士小姐幫我處理一下，不過這噁心的畫面，最後還是靠我老爸拿一件穿過的衣服往地上抹兩下後，才總算結束。

人造皮膚，尖端科技的結晶，利用基因豬的皮來取代人類的皮膚。

優點：沒有傷口排斥的問題，不用自體植皮。

缺點：患者會變半獸人（半豬半人）。

人工皮，絲蛋白敷料，用於保護傷口免於外界的壓力及感染。

優點：會緊黏在傷口上不脫落，直到皮膚復元。

療程簡單，能大幅降低疼痛並加快復元速度。

缺點：沒有彈性，不適用於容易膨脹的傷口，例如年輕人的小雞雞。

基本上我把這兩種皮搞錯了，所以，早上醫生說要替我的生殖器貼上人工皮的瞬間，我以為雞雞還得打口蹄疫苗。今天換藥是我住院以來唉最大聲的一次，因為痛翻了。不過這種劇痛和我之前塗燙傷藥膏的痛是截然不同的兩種。一種是小火慢煮煎熬，它會一直慢慢地燒，慢慢地燒，直到最後，燒到你的神經、意識和淚腺完全崩潰為止。而另一種則是大火快炒，基本上這種痛來的快，去的也快，不過就是火候猛了點罷了，但是這麼痛的療程還是燒得我整懶（嗶！）火就是。其實今天會這麼痛苦的原因，是因為醫生在替我的雞雞貼皮前必須先將傷口刮乾淨，因為如果沒刮乾淨就貼皮的話，很可能會造成傷口底下發炎或潰爛，那我也成了名副其實的爛鳥了。早上在換完藥後沒多久，老爸也趕回醫院了。然後在一踏進門就看到我滿臉哀怨的樣子，他也很直覺地猜到又有新療程了。今天醫生在替我貼完皮後告訴我，如果沒有感染現象的話，那我最快禮拜一就能出院了。老爸在聽過這個消息後，很高興地打電話跟家裡的人講，不過我沒告訴他如果感染到的話，家裡就多一個女兒了。

「老爸，工作還在忙嗎？」我躺在床上關心地問著。

「還好，不用擔心。」

「是喔，那黑木有沒有瘦一點啊？」

「沒有耶，還是一樣胖！」

「嗯……一定是你們餵太多了啦……」

於是我和老爸便開始聊著家裡的那條寶貝狗來打發時間；我們討論牠身上的肥肉指數以及血統問題，不過這個話題並沒有持續太久，因為我們很快就取得了共識，黑木不是純種的拉不拉多，因為就算外行人也看得出牠有摻到豬的血統。

早上十點半，恥笑完自己家裡的狗後，老爸也開始忙著幫我清理東西，在親眼看到他替我擦完地上那兩條屎痕後，我也才安心地在床上睡著了。中午，bagger來病房看我了，而且也順便幫我帶了奕德的日劇來。我忘記我和bagger聊什麼了，我只知道bagger以前也住過院開過刀，所以我看他特別順眼。

我們兩個惺惺相惜的人，不知不覺已經聊了快一個小時，在一旁的老爸，看兩個衰人聊得這麼投機，於是跑下樓買了兩杯檸檬紅茶讓我們解渴，不過，我想他買到的應該是稀釋過的強酸。

「拿去沖馬桶吧！」我放下手中的鹽酸，笑著和bagger道別了。早上，斜對角的老伯出院了，老婆婆也不忘在要離開之前，替我們做了最後一次聽力複習。雖然我的腦袋已經在嗡嗡叫了，不過我還是很誠心地祝福老伯出院後能夠萬事小心，畢竟少掉一隻腳，可不是什麼有趣的事情。下午，在老夫婦出院後沒多久，馬上又有一個新病患住進來。這次是個年輕人，年約二十五歲，腦部受創。他是走在路上被不名物體擊中後，自行坐計程車就醫。沒帶健保卡，也沒付車錢，（因為後來有個黑社會老大掀開我的布簾向我要人。）年輕男子的傷勢看起來不大嚴重，除了腦袋包得像顆栗子之外，其它實在看不出有什麼異常。反倒是我每次看到他的頭，都想對著他說「嗶波！嗶波！」

晚上，社團的學弟妹們來看我了，雖然我當時心情不好，又很想睡覺。不過還是很感謝SZ、死蛙、鳥毛和普蘭特來看我，尤其是普蘭特，當時真抱歉！我一時忘了她是女的，結果講了一堆褲檔裡的鳥故事。

晚上十二點左右，我被一陣惡臭給薰醒，惡臭是從隔壁的床位傳過來的。雖然我不知道發生了什麼事，總之我也不想知道，因為八成又是什麼外省伯在玩黃金傳奇之類的。於是老爸替我戴上醫院送的口罩，而我就在顏面神經逐漸失去知覺的情形下，轉身昏迷了。

2003.12.20
星期六

我的「月經」來了。是滴，現在是淩晨一點，今天爬起來尿尿時，赫然發現生殖器上的人工皮，竟然多了一灘灘的血漬。老實講，這個畫面讓我發呆了一會兒。不過看著上面鮮紅濃稠的液體後，我也很直覺學著電視上的劇情，順手用小指在雞雞上沾一下，然後塞進嘴裡，「是血」！早上醫生哥哥來替我換藥時跟我說：「長皮的時候，流血是正常的。」雖然醫生很輕鬆地向我解釋著，但還是無法平息我內心的創傷和翻滾的胃液，因為我沒想過自己會塞得這麼順手。

今天醫生換藥的速度很快，因為傷口已經被人工皮緊緊覆蓋，所以他們唯一能做的，似乎只是在皮上滴些優碘做消毒。「等傷口乾一點再包。」上完優碘後，男醫生轉過身去收拾他的工具，而女醫生在聽完醫師哥哥的話後頓了一下，緊接著馬上很專業地用手在我的雞雞上面搧了起來。不過，在搧了幾下後，她看了護士小姐一眼，然後，兩人就掩著嘴笑了起來。辛苦妳們，忍很久了吧。

今天的換藥過程完全不會痛，這讓我感到驚訝，因為昨天我才躺在床上哇哇大叫，而今天卻能像條死魚一樣不吭一聲。顯然人工皮的效果遠比我想像的要來得神奇，「我脫離苦海了！！！」我內心一陣歡呼，心中充滿著喜悅與淚水，我甚至在護士小姐拿著網套，從五號一路被要求換到三號時，臉上依然能維持著笑容，只不過是抽動著。我想今天應該是我住院以來，最快樂的一天。不過這份喜悅，也僅維持到我想起下下禮拜就要期末考為止。換完藥後，我爸也帶早餐回來了，然後在看過我表演從病床上用單手就能下床的高難度動作後，他也很安心地回彰化去了。

早上，年輕人出院了，雖然只住了一天，但在確定可以回來補繳IC卡退費後，他很快就頂著栗子頭離開了。隔壁的外省伯

■■■■■■

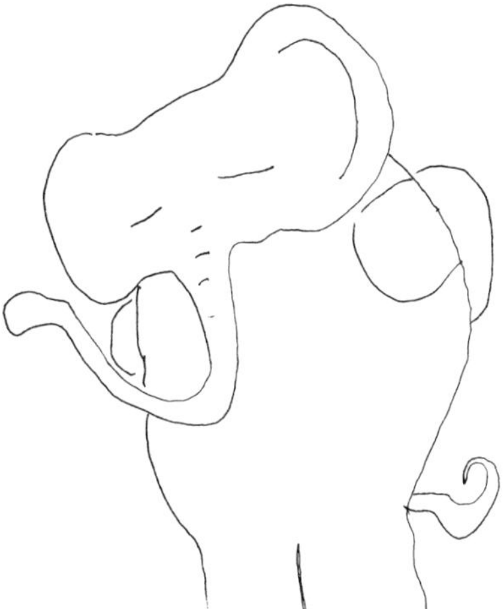

今天也出院了，看著他撐著拐杖氣色飽滿的樣子，我很難想像他就是這幾天一直住在我隔壁的屎神。早上，一口氣有兩個人出院，所以病房內也少了許多節目，不過我相信今晚應該會是我睡得最安穩的一夜。其實到此為止，我的住院生涯應該已經沒有什麼大風大浪了，但就我對面的男人而言，他的苦難才正達到高潮。還記得當初我剛進醫院的第一天，護士小姐在我的手臂打了一劑破傷風，而這一針也讓我的右手腫了三天三夜，不過這種經歷和我對面的香爐比起來，根本不值得一提。這一個禮拜以來，對面男人，除了每天手上被捅一堆針外，還要整天吊著點滴，此外，對抗生素的過敏也讓他全身撩個不停。總之，他的狀況到後來連我都快看不下去了。雖然我對男人的慘況是一把鼻涕一把眼淚，但是後來偷聽到他和他老婆閒聊的內容後，我才知道，原來我自己才是這間病房裡，看起來最「衰小」（閩南話，倒楣）的病人。

2003.12.21
星期日

今天禮拜天，男**醫生**放假去了，我老爸也在昨天回彰化去了。

所以在只剩女**醫生**和護士在現場的情況下，我的表情顯得特別尷尬。不過就如同阿力所說的，**醫生**和護士都是專業人員，誰會介意看到你的雞雞。話雖這麼說沒錯，但至今都還沒有人能和我解釋那些專業人士的笑聲是怎麼回事。早上在**醫生**姊姊替我換完藥後，我也難得地能走近窗戶旁邊看風景，因為靠窗的兩個床位都空下來了，所以，今天是我第一次能走近窗戶仔細欣賞。原本我以為用這樣難得的經驗和角度看世界，會產生什麼奇特的想法或深刻的感受，但很明顯地，站在這麼高的地方，只會讓我想對下面的路人吐口水而已。

中午，蟑螂和家瑋替我帶午餐來了，然後也順便告訴我，我的小弟弟現在有多紅，不用他講我也知道很紅，**醫生**說要半年才能恢復正常顏色。今天下午，我左邊的病床來了幾個人，我想應該是有新病患來住院吧，不過他們在護士小姐的陪伴下進來聊了一下後很快就離開了，因為我整天都在想出院的事，所以後來有沒有住進來，我也沒仔細注意。五點左右，阿凱和奕德來醫院探望我，而且趕在我餓死之前，替我買了一盒炒飯。

晚上，緊接著出現在眼前的是我久未露面的直屬學長和學弟。雖然今天學弟依然維持他一貫風格，用那客氣到有點誇張的態度向我寒暄問暖，但我知道他依然是那個連玩個game都會陷害自己人的禽獸。

至於我以為已經人間蒸發的學長，也終於看在我小鳥半熟的份上，出現在我的眼前。晚上九點左右，斜對角來了一個新病患，年約五十，他是因為長年服用高血壓藥產生痛風結石，所以才來新竹馬偕住院開刀。

男人身上有五處有結石，雖然兩個月前才在別家醫院開過刀，但顯然效果不彰。半小時後，男人的主治**醫生**來了，在了解他了的狀況後，**醫生**也只是簡單告訴他這種結石是清不乾淨的，而且清完還會再長。聽完**醫生**的說法，男人的表情顯然有些失落，但沒多久，他馬上又恢復原有樂觀的態度。男人相當了不起，因為結石的關係，他不但已經失業半年，而且他的未來，可能都要飽受結石和開刀之苦。不過即使狀況不佳，從他的語氣裡我卻聽不到一點自哀自憐，他依然不斷地和前來問候的護士及朋友談天說地，好像他之前受的苦都是「茶餘飯後閒聊的話題」。

反觀我自己，幹嘛為一個派不上用場的小東西愁眉苦臉？現在是晚上十點，男人依然笑著把他的就醫史拿出來當話題聊，不過他每笑一次，在一旁的我，內心也就愈被一股「酸味」侵蝕著。

2003.12.22
星期一

今天一大早，老爸老媽趕來新竹看我了。在醫生完成最後一次換藥後，我們三人便在隔間等待著護士將**出院**手續辦妥。早上，病房來了一個的義工阿姨，她很熱心地一一陪病房裡的每個病人聊著天，而我則是她最後一個任務。

「你好，」阿姨笑容可掬地走進我的隔間，然後很有禮貌地向我和老媽問候，並自我介紹。一開始事情都進行得很順利，微笑、道安和關心的慰問。不過在得知我是下體一度灼傷的病患後，阿姨很快就露出了神愛世人的眼神看著我，並且建議我**出院**後可以到他們的教堂參與一些活動。其實我個人對宗教沒什麼興趣，不過可能是長相太衰的關係，連之前走在人群之中也會被兩個女生拉出來傳教，不過看在她們兩個在交大是稀有動物的份上，我也的確站了十分鐘，等這兩個罪人把話說完。

「有空來參加我們的聚會喔！」阿姨很熱情地向我提出邀約。

「嗯，有空我一定去，」我微笑地說，但我想我這輩子都沒有空。

早上十一點半，**出院**手續總算辦好了，而我也在老爸的攙扶下，一步步地跨**出**醫**院**的大門，其實我並不預期在踏出大門後，會有什麼戲劇性的淚水從我的眼角噴出去，但不可否認的，在踏出門口看到天空的那一瞬間，我的眼眶的確比平常溼潤。

「我**出院**了。」我對著蔚藍的天空說。

在回彰化的途中，我一直有一種難以言喻的感覺，那是一種介於恍惚和空虛之間的感覺，畢竟兩個禮拜以來我天天盼望的一刻突然到來了，而我的心裡似乎還沒準備好接受這樣的改變。我……真的**出院**了，在經歷這難忘的兩個禮拜後，我明顯感受到腦袋裡的東西改變了。不論是痛苦、寂寞、悲傷甚至是對生命的觀點，這些想法都不斷在我的腦中重新醞釀著、發酵著。今天是我重獲自由的第一天，除了心態上還不習慣以外，我也還不能適應走路外八時，小朋友對著我一副要笑不笑的表情。在休息站時，

我努力讓自己用正常人的步伐走路，我甚至覺得有點像在踢正步，不過再怎樣也比螃蟹走路好看就是。在住院的這段期間內，我對人

生也有了更多的領悟，除了發現護士小姐既不穿迷你裙也不戴護士帽以外，我更了解到，在我們的一生之中最重要的，便是樂觀的態度。樂觀戰勝一切，我們永遠不知道什麼時候會發生難以想像的悲劇，就如同我不敢肯定下次是會被什麼燙到。但如果我們能在最艱苦的時刻，依然用樂觀的態度面對一切，那不論你的敵人是病痛、感情或是事業，相信也一定能用最理性與冷靜的態度安然度過。當然，事情常常不如我們想像得那麼順遂，不過當你能笑出來的同時，如果不是因為發瘋了，那就是代表你已經能超然於苦難，成熟地面對你的情感了。

我想，我的醫院故事到此也告一個段落了，但醫院的小故事卻永遠不停的在發生，不論是痛苦、悲傷或是喜悅，在人們面對挑戰的同時，更需要有人在一旁為他加油打氣。下次你再到醫院探望親友的同時，請不要忘記順便為你一旁的陌生人或親人說聲加油，同時也別忘了為我們默默付出的醫護人員們說聲「謝謝！」

慘案目擊二人組

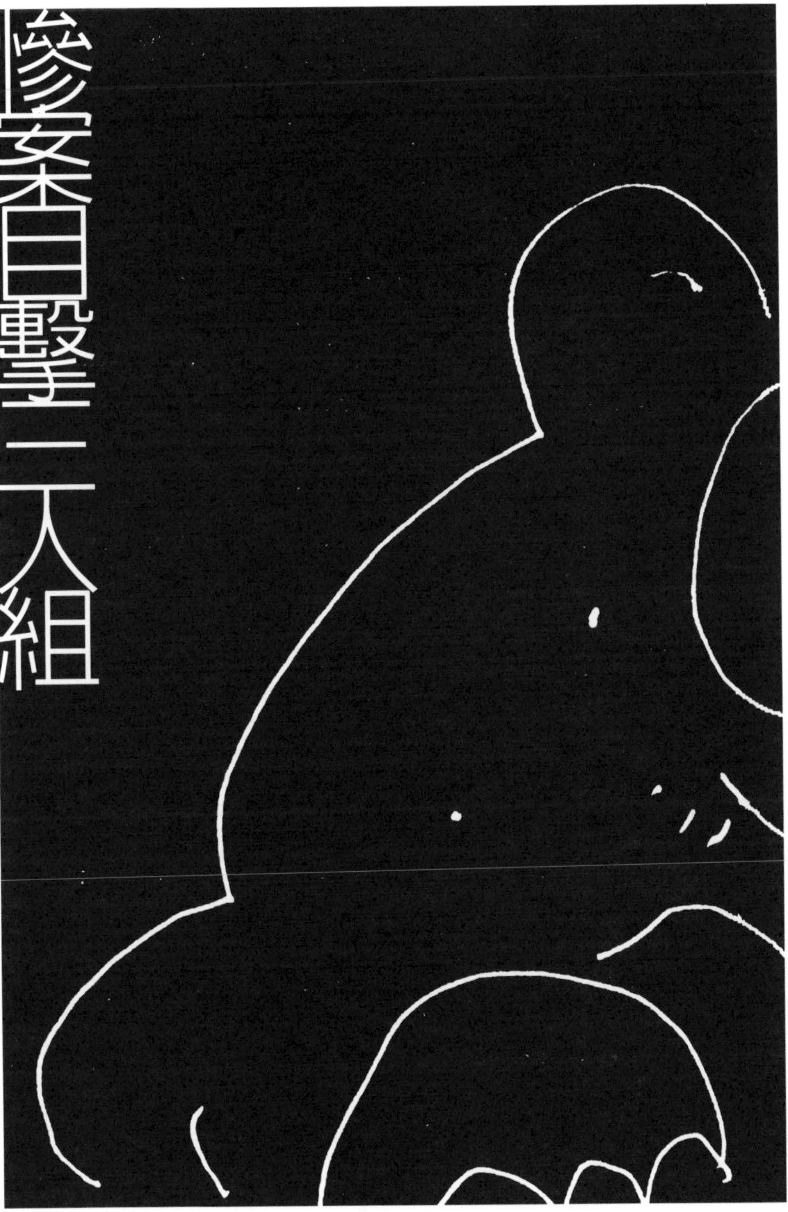

2003.12.7
星期日

目擊者：豆豆同學說……

「對小狗的印象啊？基本上他是個呆子吧，還記得大一和他騎車去幫社上買東西時不小心摔車，結果那個笨蛋噴著血回寢室沖一下水後，竟然又噴著血去跑去把東西買回來。

最後好像也沒去看醫生，就自己一個人在寢室裡唉了一個月。果然，天有不測風雲，人有蛋蛋被煮，今晚這隻小狗又出事了……晚上，我正待在宿舍被這禮拜的考試和報告K得滿頭包

時，寢室電話突然響了。

『喂……豆豆……我被燙傷了……』

是小狗打來的，他的語調難得這麼悲慘，看來傷勢很嚴重！於是我三步併作兩步跑下樓。而遠遠地，我就能聞到羊肉爐的味道。

『小狗你沒事吧！』門是上鎖的。

『豆豆……幫我……買紗布……還有燙傷藥膏……』門裡邊傳來一陣微弱的聲音。

『要不要叫救護車！！』

小狗沒有回應，於是我馬上衝出宿舍騎著車到處找藥局。等我從外面提著大包小包回他寢室時，菜

頭已經坐在裡面，而小狗則正在浴室裡沖水。幾分鐘後，他穿著一條內褲從浴室出來後，我也才真正看到傷口，靠！他的大腿根本已經是皮開肉綻，紅通通的一整片了。於是我和菜頭開始搜尋小狗手機裡的計程車號碼，但是根本找不到。我衝上樓去找名片，然後在連鑰匙都忘記拔的情況下，匆匆忙忙跑下樓。打電話叫到計程車後，我們三人也趕緊坐上車，叫司機快往醫院飛奔過去。

小狗被送進急診室了，然後在冗長的等待中，我和菜頭到醫院附設的7－11買點東西吃，然後也順便聊一下小狗的傷勢

『小狗的雞雞沒事吧？』我很委婉地問。

『兩邊大腿燙成這樣，雞雞會沒事嗎？』

雖然小狗一直沒有和我們提到生殖器的事，不過我們也不禁替他和他的小弟弟擔心起來。」

菜頭

Kenneth. Tsai

2003.12.7

星期日

目擊者：菜頭同學說……

「九點鐘左右，我啊，待在寢室整理我的電磁筆記。因為從以前我就有個習慣，那就是在課堂上抄完的筆記，回寢室後我會再把它重新整理一遍，因為這樣看起來很爽，比看成人書刊還爽。

其實我會這麼功夫的原因，大概因為我是完美主義者，所以除了頭髮是爆開的以外，其它事情我總是盡量要求盡善盡美。不過，今天我樓下的同學，發生一件很不完美的事情，我也不知道怎麼形容他的不完美。這樣說吧，如果他是一本健教課本，那他在生殖器的那幾頁大概都泡到殘缺不全了，而且最可憐的是他連考試都還沒考到那幾章就先弄成這樣了，真不曉得他以後要怎麼上考場。

晚上九點，我筆記正整理到七八成時，寢室電話響了。

『喂！菜頭……我是小狗，我被羊肉爐燙到了～快來幫我……

……』

基本上『菜頭』這個綽號，就是電話裡這條『狗』幫我取的，而他之所以會幫我取名為『菜頭』，就只因為我姓蔡。媽的，那姓朱的不就叫『豬頭』了嗎？

Anyway，總之在接到小狗的電話後，我也十萬火急的下樓探視他的情況。在衝到他的門口前，我用力去扭門把，結果是上鎖的。當我還在猜想今天是不是愚人節時，房間內傳來一陣窸窣聲，然後緊接著是一陣陣緩慢的腳步聲，門打開了。

『菜頭……幫我弄溼……』小狗彎著腰，滿臉痛苦地拿了一條毛巾給我，只見他探出一顆頭，好像在隱瞞什麼似的。在拿到毛巾後，我火速衝到浴室替他弄溼，然後回到房間了解他的狀況。進到房間後，我看到小狗穿著一條溼內褲坐在冰箱前，用電風扇努力抽著冷風，而他一旁的桌子和地板則是散落一地的湯汁和羊肉。我稍微瞇了一下他的傷勢，雖然我不知道內褲裡的狀況怎樣，但是光看大腿的樣子就夠讓我吐在他的傷口上了。小狗燙到的部位全部泛紅，而燙開的皮膚也全部黏成一團。

在看到這麼嚴重的傷勢後，我也勸他趕快去浴室沖水

『我沖過了……』

『再去沖久一點～』

在幫小狗拿了件短褲穿上後，他也扭曲著臉，扶著他的雞雞一步一步走向浴室，此時，豆豆也從外面回來了……」

目擊者兼苦主LogyDog同學說……

「『菜頭！幫我叫計程車！我手機裡有號碼……』」我全身發抖，對浴室外的菜頭大喊，然後繼續沖著我胯下的傷口。媽的，死定了，今天是我有史以來傷最重的一次。來到醫院後躺在床上，只見醫生和護士們在我的胯下包東包西，雖然知道她們是為我好，但劇痛的過程，還是讓我忍不住想拿張板凳之類的敲他們頭。軌的！我的雞雞爆炸了，大腿也一直抽筋，誰來救我啊！

LogyDog 2004

2003.12.7
星期日

在經歷苦不堪言的包紮後，我的胯下也湧出熊熊的烈火。醫生和護士在我的雞雞和大腿放了三包冰塊後蓋上了棉被，將我推出急診室。於是我就這樣在門外晾了半天，等我老爸從彰化趕來。棉被裡的三包冰塊寒氣逼人，雖然傷口的灼熱已經快讓我失去了理智，但是這樣的寒冷和潮溼還是讓我忍不住全身發抖，再加上聽著豆豆和菜頭在一旁不停地講著冷笑話，而我也不禁愈抖愈大了。

老爸趕來新竹了，在了解大概的狀況後，他和豆豆回到學校幫我拿nb、健保卡和一本最後quiz拿來當枕墊的製程課本。

一點鐘左右，在大家的協助下，我被推到了病房，不過在疑似公報私仇的情況下，我的床還撞了一下牆壁。

『老爸……真不甘心！』

『沒辦法，遇到就遇到了，想開一點。』

『那我什麼時候能出院？』

『很快，醫生說住院要住個兩三天，到時候再載你回彰化！』

『要到兩三天喔？那我的青春不就和我的小鳥一樣不回來了？』

「你在說什麼？」

『沒事！』

今晚，我躺在床上輾轉難眠，雖然傷口的痛苦已紓緩許多，但我想，我的人生似乎有一段奇特的旅程要開始了……」

回憶篇

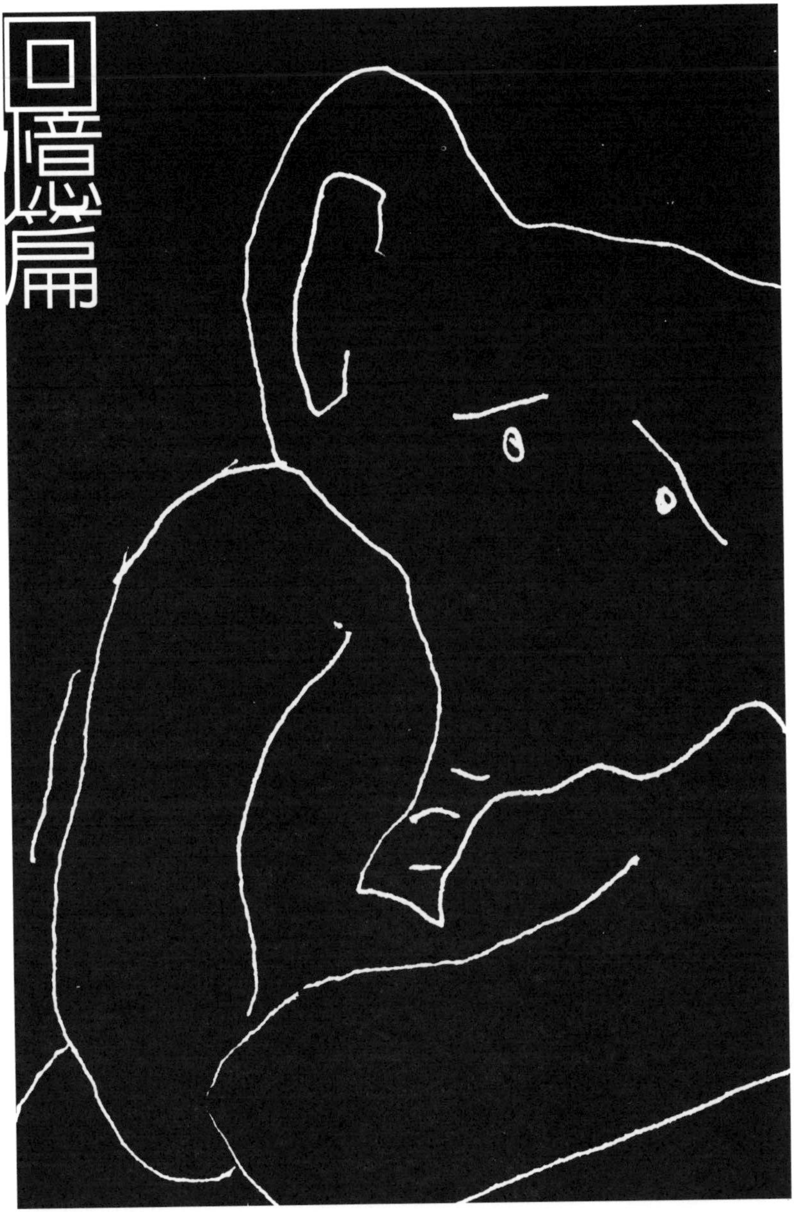

斯夢波得(small bird)成長日記

從小到大，我胯下的孽根一直是老天爺想討回去的東西，雖然它是那麼地嬌小、那麼地微不足道，但是多災多難的事實，卻逼得我不得不接受這個打擊。我想如果有一天上帝凌空而降要我把小弟弟還給祂的話，那我會毫不猶豫地把它拔下來丟向上帝，然後展現我最後一次的男子氣概對著上帝說：「拿去！下次再裝錯的話，你給我試試看！！」

小波得的一天

在我小的時候，總以為世界上只有兩種人，一種是大人，一種是小孩。在小孩的世界裡，大人總是至高無上呼風喚雨的一群，而我們這些小孩只要會裝裝可愛、扮扮小白兔之類的，就能快樂地受人寵愛。所以打從我有記憶的那一刻起，除了整天和二姊在家裡跑來跑去摔東摔西的以外，其餘時間大概就是坐在電視機前面發呆或睡覺。簡單講，我的童年生活過得相當愜意，除了偶爾打破碗，被老媽脫褲子打屁屁以外，其實似乎並沒什麼和小波得相關的事情值得一提，因為這是一個糖果比雞雞更重要的年代，如果可以的話，我會願意拿小雞雞換十根棒棒糖，而且還允許你殺價。不過這樣對小波得的漠視，一直到某一天我帶著它到廁所尿尿時，望著還在滴水的小波得，我的腦中突然閃過一絲奇怪的念頭：「大～～阿象！大～～阿象！你～的鼻子怎麼會這麼長……」我握著自己的小象在馬桶面前甩了起來，三不五時還會來個三百六十度大迴轉之類的高難度動作，而這樣的行為，一直到老媽無聲無息地從後面往我腦袋巴了一掌後，我才紅著雙眼把小象塞回褲襠然後被踢出廁所。

這是我這輩子第一次玩雞雞，也是我這輩子第一次因為玩雞雞而被大人教訓。

「為什麼我有雞雞？」

「因為你是男生！」姊姊說。

「為什麼有雞雞就是男生？」

「因為男生才有雞雞！」姊姊自信滿滿地說著。

如果現在有人這樣回答問題的話，我一定會在她頭上砸顆鴨蛋然後叫她滾出去，但是當時這樣的回答著實讓我陷入無窮迴旋的迷思中。

雞雞到底是做什麼用的？

雞雞除了可以尿尿、大迴轉、裝可愛以外，我小小的腦袋瓜裡實在找不到其它相關的用途。

「長大你就知道了！」老媽一邊切菜，一邊淡淡地回答。

但這樣的答案並沒辦法滿足我的好奇心，雖然我一直秉持著打破砂鍋問到底的態度煩我老媽，但再問下去的話，老媽顯然會拿砂鍋打我的頭，所以這個奇怪的問題還是一直到我上了小學後，才真正獲得了解答。

校園波得戰記

「雞雞是打架用的！」

這是我在小學二年級時所做出來的結論。在我小學的時候，那時最熱門的遊戲既不是gameboy，也不是皮卡丘，更不是什麼躲避球或踢毽子。那時最熱門的遊戲，是打小鳥。

早在我聽過阿魯巴這個名詞前，我就已經先體驗過什麼是阿魯巴了。沒有人知道這個遊戲從何而來的，也沒人知道它何時結束，但我們都知道要怎麼進行。首先大夥先選定一個看起來就是很欠阿的小男生，然後湊齊了三五好友們後，大夥便齊聲大喊著：「阿他！阿他！！」

眾人在聽到指令後，便不分青紅皂白地衝向那個小衰人，撐開他的雙腳，然後開始對學校裡的椰子樹敲鐘。當然，椰子樹是不可能發出鐘響聲，但被阿的人總是能叫得慘絕人寰，那一個人通常就是我。

正所謂「三折雞而成良醫」，在經歷多次爆雞之苦後，我不知不覺也練就了一身必殺絕技。首先，在發現有人用詭異的笑容看著我時，趁他還沒開口之前，我就搶先伸出我的右手指著他大喊著：「阿他！！阿死他！！」基本上小孩子是很好慫恿地，所以在聽到我下達的指令後即使狐疑了一下，大家依然會一窩蜂地衝向目標努力敲鐘報時，當然，我永遠是衝第一個的。而這樣英勇的戰績，也讓我穩坐副班長的職位，最後甚至當上了班長。

後來也許是嫌阿魯巴要一群人太麻煩了，於是隨著科技的進步，大家對於虐待同學小弟弟的遊戲也有了更簡易輕鬆的玩法，那就是趁別人不注意時，直接在他的褲襠下揮一拳然後再跑給他追。基本上這是一種充滿汗水、速度和驚險的遊戲，在被揮了一拳後，究竟會是小男孩的胯下之苦戰勝了理智，抑或是復仇的怒火戰勝了痛楚，沒有人知道。但不論如何，在這種低級又危險的遊戲中，沒有人是勝利者，有的只是每天握著雞雞提心弔膽來上課的同學。所以後來在大家一致的默契下，我們總算結束了這種堪稱智障等級的白癡遊戲，取而代之的則是脫褲子大賽。

總之，我的小學生涯就在這一片乒荒馬亂之中結束了，至於小雞雞究竟是幹嘛用的？就我目前所知，打架還是滿有用的。

公主與王子的祕密

第一次對生殖器感到羞愧，應該是在小二的時候。有一次洗澡時，老媽用大腿撐著我的腰部，利用槓桿原理讓我的頭傾向水盆洗頭，而我的下半身則隨著老媽洗頭的力道忽高忽低地對著門口甩著甩著。因為幫小孩子洗澡時是不關門的，所以當鄰居家的太太跑來浴室門口找老媽聊天時，我的幼小的心靈也隨著小雞雞在太太面前甩動的節奏加快而更加感到恥辱。小學三年級，我開始對兩性關係有所意識，我會偷偷把小叮噹裡宜靜入浴的那頁摺起來，然後壓在漫畫堆的最底層，也會偷偷把報紙裡的泳裝圖撕下來夾在舊課本裡。雖然我開始對異性產生濃厚的興趣，但在同時，另外一種怪異的人格，似乎也悄悄地浮上檯面。

我不知道自己什麼時候有這種癖好，但是躺在床上將棉被塞進自己的胸部，並幻想自己是柔弱嬌羞的公主時，我的心裡的確充斥著莫名的興奮和愉悅。這是一種很奇特的經驗，不過每當我幻想自己躺在床上，任憑英俊的王子在身上親吻與撫摸時，一股強烈的罪惡感總是會侵蝕著我的內心深處，這種感覺很難受，但每次只要有機會，我依然會讓這種罪惡感佔據我的心靈。

除了偶爾扮扮公主的角色外，有時我也會抱著棉被，假裝自己是英俊挺拔的王子，並想像與公主接觸、親吻的那種感覺。然後緊接著在下一刻，我又會變回公主的角色，任憑王子的雙手在我身上游移。

基本上這是一段充滿灰黯、矛盾而且也很忙碌的日子，畢竟一個人要分飾兩角實在不是什麼輕鬆的工作。

其實我還滿肯定自己的性向，我喜歡班上的女同學，喜歡有咪咪的大姐姐，喜歡偷看女生的內褲，更喜歡收集宜靜的入浴圖。但不管怎樣，在這段日子裡，公主與王子的影子卻總是在我身上揮之不去，最後甚至變成了夢魘。至今回想起來，我依然對當時的行為感到困惑與迷惘，雖然那時我只是一個懵懂無知的小男孩，但這樣不尋常的心理，的確也加深了我心中對兩性間的不確定性及恐懼感。

羽化

小波得的夢想，就是希望有一天能夠長得像電視裡的大～～樹一樣，他不但會有強壯的根基、挺拔粗獷的樹幹，而且在小波得的頭頂上，還會長出一叢叢茂盛濃密的葉子。但是後來在發現自己的樹叢是長在根部兩旁，而且只有稀疏的幾片後，這樣的打擊終於讓小波得小小的腦袋瓜裡少少的腦漿汁給噴了出來。這是我第一次夢遺，就在我長了幾根毛後沒多久。

一開始我還以為那只是一般的尿床。但是第一，我都已經是國中生了，所以就算身體再老實，我嘴巴也不會承認。第二，尿尿不會這麼爽，尤其是不小心尿在床上。

在我對家裡發出近乎羞恥的求救聲後，老媽和老姊也很快地衝來房間，並且對我驚人的戰績露出詭異的神情。

「不是尿床不然是什麼？」我一臉困惑地問著老媽。

「等你長大就知道了。」

老媽拿著棉被默默地離開現場，留下一臉狐疑搔著腦袋的我。

雖然有點搞不清楚狀況，但後來知道那是夢遺時，也已經是學校上課上到生殖器的事了。

我出生在一個傳統又保守的小家庭裡，家裡的人對「性」總是避而不談。有一次我從海邊買回來的紀念品「貝殼烏龜」不小心掉到地上，那是一種用熱溶膠把貝殼黏成烏龜模樣的紀念品。

「啊！！」

「我的龜頭掉了！」我轉頭對著坐在一旁看電視的老媽說。

「不要講那兩個字！」

「為什麼？」

「因為，等你長大就知道了。」

「……」

「什麼是龜頭？」我轉身對著二姊說。

「等你長大就知道了！」二姊回答。

「什麼是龜頭？」我轉向供奉多年的神壇問著，

「等你長大就知道了。」觀世音開了個笑杯，而老媽也代替神明在我的頭上賞了個雷劈。

「什麼是圈圈？」

「等你長大就知道了！」

「什麼是叉叉？」

「等你長大就知道了！」

因為保守的風氣，家裡的大人常常會用「等你長大就知道了！」當作問題的答案，但這樣的回答對於一個好奇心旺盛，且正在長毛的小男生而言，很明顯是不夠的，所以小波得常常一個人歪著頭，努力思考著各種不解的問題，只不過想著想著，腦漿又爆出來了。

自從我有了所謂的「第二性徵」後，老媽也開始注意到發育中小男孩需要哪些東西。有時我看電視看到一半時，老媽就會把我叫進廚房，然後往我的嘴巴塞了一團東西。

「這是啥？」

「雞蛋。」

「可是吃起來不像。」

「因為是公雞的蛋蛋！」

這和老一輩的人吃啥補啥的觀念是一樣的。然而不知道為什麼，女孩子吃的東西似乎都比較有科學依據，像姑嫂丸，或豬肝之類的，有造血功能。而男生就只能吃公雞的蛋蛋或是用老虎雞雞泡出來的酒，總而言之，國中真是一個充滿疑問與淚水的年代，我們除了有寫不完的作業、打不完的掌心和長不停的青春痘，褲子裡更多了一根根冒錯地方的捲毛以及一個會爆漿的小波得。在這個尷尬的歲月裡，除了在生理上有明顯的發育之外，我同時也要承受許多青春期的恐懼與不安，這段時期是每個成熟男性必經的過程。所以我和大家一樣，在這個懵懂無知的歲月裡，都曾經有過荒唐的想法、茂盛的好奇心以及一些些不可告人的祕密埋藏在心裡，至於青春期的少年能有怎樣不可告人的祕密？

我想，等你長大了就知道了。

青春年華的十四歲，我與小波得一起度過這個惱人的歲月。

少年波得的煩惱

身為一名高中生，說沒看過成人書刊或影片是在騙肖欸（閩南話，騙人），但是我還真是沒看過。雖然好幾次在小波得的慫恿下，我都有股衝動想極盡可能地抱著滿身的A片和寫真集從成人區裡爬出來，但實際上對我而言，光是路過成人區就已經夠丟臉了，更別提把VCD和寫真集一本本攤出來讓櫃檯小姐清點。

「小澤圓一本，小澤圓兩本……」

櫃檯小姐認真地數著眼前的寫真集，但就當她清算到第三本時，我頭上的彩球突然爆開，而鎂光燈也開始在我四周閃了起來。此時只見櫃檯小姐拿起麥克風，聲嘶力竭地大喊著：「狂賀！狂賀！！本公司慶祝小澤圓寫真集突破第一百萬本銷售量，在這裡要特別頒發獎狀及獎牌給這名幸運的得主，並免費贈送二十年份的衛生紙以報答顧客們對我們小澤圓的愛護與支持，恭喜！恭喜這位得主！！現在就讓我們來聽聽這位幸運的得主有什麼樣的感言……」

雖然櫃檯小姐神采飛揚講得口沫橫飛，但我卻只能兩手掩面，跪在地上不停地啜泣著。是的，我有醫學臨床上所謂的「購買成人書刊被害妄想症」，所以高中三年來不要說是寫真集了，我連有穿泳裝的美女雜誌都不敢多看幾眼，於是我原本應該充滿色彩的高中三年，也在一片熱淚與悔恨中結束……

「不！不能就這樣結束！！我的青春啊～～～」小波得在夢中哀號著……

「不！不能就這樣結束！！字數不足啊～～～」編輯大人也在一旁搖旗吶喊著。

嚴格說起來，高中三年真是難熬的一段日子，每天早上六點起床趕校車，七點早自習，八點上課打瞌睡，就連晚上回家睡覺睡到一半，我也得爬起來唸書趕作業。不過以我的爛個性，通常都會混到最後一刻才靠撞牆提神開夜車，然後開一陣子後，又要撞一下山壁才會清醒過來。

在這些被書K得滿頭包的日子裡，我幾乎已經忘了小波得的存在，只有偶爾放假或偷閒時，小波得才會抬頭和我打聲招呼。

高三下學期，隨著推薦甄試的結束，我們這些幸運推甄上的賤人們也被學校踢到電腦教室，從此再不能以擾亂同學唸書為樂，不過取而代之的，則是我這輩子從來都沒碰過的「網際網路」。這是我第一次上網，因為久聞網路搜尋資料的能力很強，所以我也滿懷好奇地嘗鮮了一下。

「http://好玩的」我興奮地在網址上方打下關鍵字……

「無法顯示網頁」

「http://笑話」

「無法顯示網頁」

「http://色色的」

「無法顯示網頁」

「http://去你媽的」

「無法顯示網頁」

雖然換了好幾台電腦，但畫面依然只能出現「無法顯示網頁」，眼見同學們上網玩得這麼開心，而我也只能對電腦裡的踩地雷發出乾笑。這是我第一次上網，而最後一句關鍵字則代表我當時的心情。

家裡裝網路也已經是六月中旬的事了，雖然沸騰的空氣蒸熟了我半顆腦袋，但光剩下的另一半就足以讓我感受到身處在天堂裡的幸福。網路的威力真是無遠弗屆，不論是近在台灣本土，或是遠至歐美日本，各種明媚風光盡收眼底，凡舉高山峻嶺，深谷川流，深幽密林甚至瀑布泉源，所有你能想像到的美妙意象與景致，全都在我充滿色彩與雄性激素的關鍵字中找到了解答。對我而言，書中自有顏如玉，但網上更有美嬌娘。在這炎炎夏天狹小的電腦桌前，我和小波得手牽著手，一起升天了。

在天堂裡待久了，也會摔進地獄裡的，尤其在成人分頁自動開個不停，而老媽的腳步聲又逐漸逼近時。從推甄完到現在，我已經放足半年的假了，這半年以來，除了整天和小波得花天酒地以外，我似乎沒做過什麼正經事。

「阿弟，你的體檢單來了！」老媽在樓下大喊著。

體檢單是什麼「歐阿寒叔？」（閩南話，東西），好吃嗎？

第一次親密碰觸

體檢會場在一間小學裡，我和二、三十人坐在教室裡等待體檢人員的通知。熾熱的空氣和煩躁的蟬鳴，總讓人心浮氣躁、汗水直流，但我現在全身冒的是冷汗。左青龍、右白虎，打赤膊等待體檢通知的大哥們抖動著身上的刺青和刀疤，和他們相較之下，我就像隻被拔毛的白斬雞一樣，只能默默地低著頭縮在椅子上畫圈圈。

「好了，這一班的大家出來排隊！」工作人員進來大聲喊著。

於是大家很快地將褲子脫掉準備排隊進入會場，我因為事先就知道要脫褲子，所以早就在裡面穿了一件泳褲，但還是有些人穿著白色半透明的內褲，就這樣大剌剌地走出了門口，而這些人的小弟弟也在太陽的照射下顯得昭然若揭，閃閃動人。

會場是設在學校的大禮堂裡，裡頭大約有十個檢查站，每個檢查站都有一名醫生和幾位護士把關，每當檢查完一項後我們就要將手上的體檢單送去蓋個章，當作是闖關成功的證據。說真的，在大禮堂裡真是人來人往熱鬧非凡，有抱著肚子跪在地上痛哭的男人，揮舞著拳頭在會場趴趴走的護士，至於在體檢站前，更是站滿了汗流滿面等候檢查的役男們。看著大家心浮氣躁的表情，我想他們都和我一樣想趕在被烤熟之前儘快離開這個酸味撲鼻的大烤箱吧。

眼前來來去去的身影絡繹不絕，我茫茫然地站在這一望無際的人海裡，欣賞著男人們揮灑著的汗水，它讓肌肉與肌肉間的邂逅更增添幾分豪情。而護士小姐嬌羞動人的神情，掩飾不了她抽血時微顫的雙手和惱人的技術。至於威嚴而專業的醫生老伯，在數據明明正常，但卻露出一臉凝重的表情時，等待評斷的役男似乎有一股說不出來怨氣彌漫在他的周圍。喧鬧的呼聲，靡爛的氣息，我身處在人聲鼎沸血汗四濺的會場中，悶熱的溼氣以及茫然的視線將我籠罩在一鼓神祕的雲霧之中，我在一陣茫然之中彷彿就要……

「把褲子脫下來！」

「蝦米？」

「把褲子脫下來，檢查生殖器啦！」醫生拿隻枝筆朝我的胯下揮了揮。

「喔！對厚～」我從白日夢中清醒過來，走近醫生老伯，並迅速拉下我的泳褲。

「哈囉！」小波得禮貌性地向醫生打聲招呼，而我則機警地彎著身子，左右觀察有沒護士小姐接近布簾。

然而，就當我把頭轉過去想仔細確認護士位置的同時，一陣刺麻的觸感突然從我的胯下爆開來，而我臉上的肌肉也在第一時間內做出了反應——「棍！！！！！」我緊握著雙手，臉上的肌肉也扭轉了三十度。

醫生老伯若無其事地捧著我的蛋蛋仔細地端詳著，然後在確認雞雞不是造假，也用手秤了秤小波得的斤兩後，他用平淡的語氣叫我穿上褲子，然後喊著下一位。

這是小波得這輩子第一次受到這樣的打擊，尤其在醫生老伯碰觸到的那一瞬間，小波得竟然因為這不預期的刺激而反應了一下，雖然這只是微不足道的一下，但這樣難以言喻的恥辱也成了小波得這一生中，最大的陰影。

這就是小波得與別人的第一次親密碰觸，雖然這不是什麼驚天動地感人肺腑的大故事，但對當時清純害羞的我而言，這的確是一個讓人難以忘懷的小插曲。

至於說到小波得第一次親密碰觸的經驗，則是發生在相隔五年後一個寒冷的夜晚裡，但那是一個充滿血淚與悲傷的搞笑故事，雖然故事的主角依然是波得與醫生，只不過這一次，小波得再也反應不起來了……

院外篇

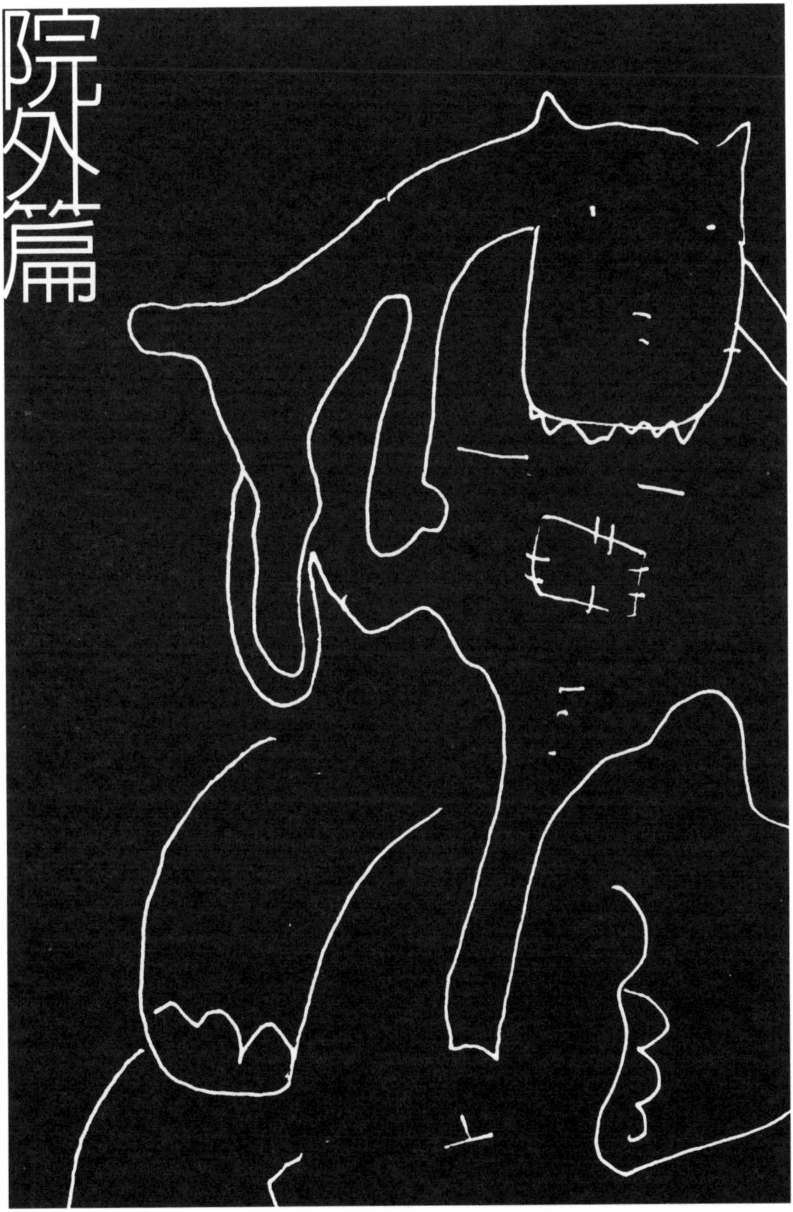

第一幕　家犬的逆襲

黑木，八個月大，操台灣「狗」語，拉不拉多，母，拉很多。

黑木在四個月大時，被證實罹患了愛吃病，所以可能只剩十年的壽命。

基本上牠是我從學校附近一家寵物店抱來的，因為在考完研究所後，我的人生能熊失去目標。於是在養過了魚，也種過了草後，我突然想給自己無聊的人生製造一點麻煩。

「還滿可愛的耶！」陪我來的馬克在看完地上那團會蠕動的肉球後，對著我說！

「嗯……那就決定是牠了。」雖然我不知道牠和其它肉球有什麼不同，不過在聽完老闆報過其它球的價碼後，我馬上知道牠是這家店裡唯一和我有緣的狗。

「拜拜！」抓著肉球的手和老闆娘揮別後，我也就騎著摩托車，兩腳踩著飼料，膝蓋頂著鐵籠，後面載著馬克，馬克抱著肉球，肉球頭上掛著袋子，袋子裡裝著玩具和洗澡用品，然後便浩浩蕩蕩地騎回了學校。

黑木在眾人溺愛下，逐漸從一隻小肉球，變成了中肉球，然後再從中肉球，變成了大肉球。不過等到我回到家踏進門口的那一刻起，牠已經是一隻二十幾公斤的肥球了。

「黑木！」在看到一陣不均勻的晃動後，我很直覺地喊了牠名字，然後接下來便是一隻全身充滿波動的黑影，朝著我排山倒海而來。

「黑木，你咪咪下垂了。」看著八個月大的黑木能有如此身材，我也不禁讚嘆了起來。

「欸……等一下……」雖然我發現苗頭不對，但黑木依然甩著舌頭朝我的方向狂奔而來。

「靠！！等一下，叫你等一下……」黑木猛然地往我胯下縱身一跳，一瞬間，畫面靜止了。只見黑木的豬頭，撞擊著我的大腿，而牠的右腳，則像阿里拳王一般，狠狠地，揮進了我的褲襠。我甚至能感受到牠在落地之前的前一刻，拳頭在我胯下使勁扭動的感覺「噹噹噹噹！！擊倒！」我一手撐著沙發，一腳跪在地上唉嚎著「哇靠……夭壽喔……」面對這麼熱情的歡迎，我不禁泛紅了雙眼。

「唉唷，黑木是看到你太高興了啦！」我媽一邊笑著，一邊把

! ! ! !

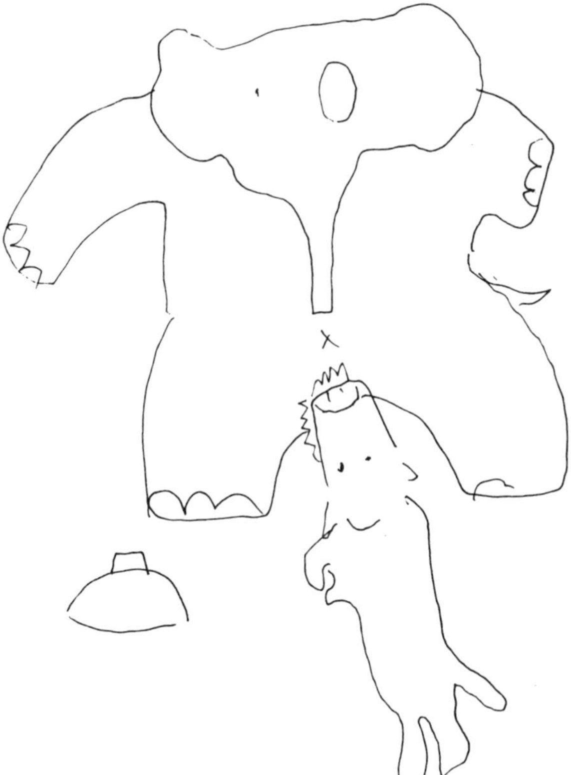

狗牽開。而我則倒在地上，握著我的弟弟，久久不能回神。

下午我在沙發上睡著了，而黑木也很盡責地踩到我身上用鼻子聞東聞西，企圖找出濃濃的藥味所在地，雖然我已經累到快沒力氣反抗了，但在牠把鼻子塞進我的褲襠裡然後頂了幾下後，我決定還是上樓去睡好了。晚上，在我養足精神走下樓後，黑木也很快衝到我面前搖尾巴，然後再度把半顆頭深深地塞進了我的褲襠，雖然我不確定牠到底是在聞什麼鳥，但這個畫面也不禁讓我想起不久之前，牠把我小雞雞當成嗶嗶球咬的驚險鏡頭（不過，這又是另一個鳥故事了……）。於是為了避免慘劇重演，在抓著牠的尾巴搖兩下後，牠也開始對著自己的屁股追了起來，而我則乘機去洗澡。

第一幕 「雞」不可淫

「用擦的就好，」老爸對著我說。

「不行，我一定要用沖的。」

今天是我兩個禮拜以來，第一次能洗澡。於是在向老媽要了一捲保鮮膜和幾條橡皮筋後，我一拐一拐地走進浴室。在浴室裡研究了一下後，我開始拿保鮮膜把雞雞包起來。

「這樣應該……萬事OK了，哈哈哈……」連自己都笑得很心虛。

我用橡皮筋緊緊纏住保鮮膜末端，然後在確定感受到橡皮筋強而有力的束縛感後，我也放心地拿蓮蓬頭往身上沖。呼呼呼！能沖水的感覺真好，尤其在全身上下長了一堆「仙」後。雖然我大腿和手上的傷口對熱水感覺依然特別強烈，不過我還是慶幸能沈浸在沖澡的喜悅之中。只不過這種喜悅很快就消失了，尤其在我發現橡皮筋已經陷在雞脖子裡，而保鮮膜早就鬆開了之後。

「老爸……我小鳥變黑了！！」我對著臉色發青的小弟發呆了一陣子後，對著門外大叫。

「快一點啊！老爸，快一點！顏色不對啊！！」

在聽到我緊急呼叫後，老爸像刑警似地踹開浴室大門，迅速地將手上的剪刀往我的胯下剪下去。

「卡喳！」在七手八腳、胡亂剪一通之後，我們總算把勒在雞脖子上的橡皮筋給剪開。

「呼！呼！呼～～差點沒勒死我。」小雞雞驚魂未定地說。

雖然橡皮筋被剪開了，不過我胯下的傷口也早就溼成一片了。

「怎麼辦？」看著包皮上面那坨爛糊糊的人工皮，我對老爸說。

「應該……沒關係，醫生也是用優碘……滴得這麼溼……」

「真的？假的？又不是種香菇！」雖然我對老爸的話半信半疑，不過在別無它法的情形下，我也只好照老爸的話，往人工皮上再擠半瓶優碘以求個心安，不過我發現這樣也只是弄得更溼而已。

晚上在替大腿抹完油後，我也蓋上棉被準備睡覺，只是在明顯感受到下體一片溼的情形下，我怎麼也睡不著。這已經是我第三次換紗布了，只是每次包完沒多久後紗布又會整個溼掉，我想這和人工皮浸溼後又硬灌進半瓶優碘有關。凌晨三點，在反覆難

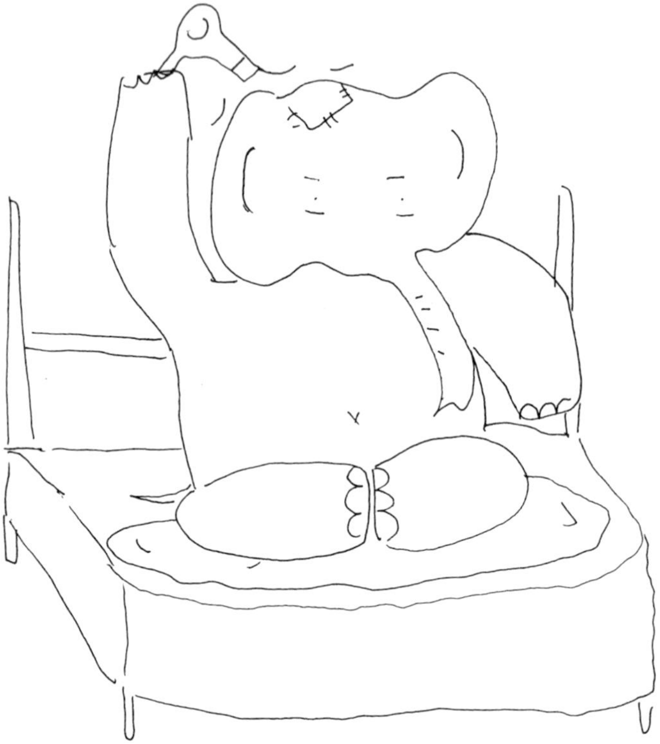

眠的情況下，我總算還是爬下了床。因為我知道如果再這樣欺騙自己下去的話，明天雞雞不是長霉就是生菇，而我也不希望早上起床後，發現下面長了一束盆栽。於是我爬下了床，拆掉了紗布，然後在老爸幫我拿來了吹風機後，便一個人蹲在廁所前面吹了起來。老實講，這個畫面還挺悲情的，一個大男人三更半夜光著屁股蹲在馬桶前，拿吹風機晃啊晃地吹著自己的雞雞，最嘔的是不晃還不行，因為吹風機太燙了。

「烘烘烘～～」吹了一個小時，在確認人工皮已經完全乾掉，而我的雞雞也變成燙手的山芋後，我以為惡夢就此結束了。

不過隔天醒來，發現傷口依然在流著湯時，我的表情也不禁大便了起來。

第三幕　重返校園

因為晚上實驗的關係，二十四號下午老爸就載著我回新竹了。我們回到新竹的第一件事，便是去大賣場找尋那包我一口都沒吃到的羊肉爐，然後伸出我顫抖的右手，對它罵「幹」，基本上羊肉爐不會回嘴，所以我很放心地在它面前罵了五分鐘，像個白癡一樣。今天是出院第三天，但是因為大腿皮膚還很薄的關係，雙腿只要稍微站直，皮膚就會有種快被拉破的疼痛感。所以基本上我走路時都是用外八，甚至半蹲的姿態；不過每當周遭出現人群或妹妹時，我馬上會恢復人類的身分，雄糾糾氣昂昂地踢正步前進。不過在玩了十分鐘痛苦的蘿蔔蹲後，我決定還是回實驗室坐著好了。晚上六點半，我努力維持著人類的步伐走向了NDL，然後在儀器故障做不下去的情況下，我們在裡頭待了二十分鐘就出來了。我突然覺得自己像呆子一樣，大老遠跑來新竹就只為了把自己包得像顆粽子一樣蹲站二十分鐘。

不過會發生這麼無聊的事件，也證明我真的回到交大了。

想當初在住院期間，我一直以為能出院的人就表示是這個人康復得差不多了。不過我真是太天真了，等到自己一人回到學校孤軍奮戰後，我才真正體會到住院證明上面的「還需休養兩週」不是寫假的。雖然出院後有不少同學主動表示要幫我的忙，但我總不能拿著保鮮膜對他說：「雞雞幫我抓好，我要包了喔。」

簡單講，我所需要的幫忙，都無法從同學之間得到。所以回到學校後，我也只能一個人默默地躲在陰暗的角落裡，孤獨地包著我的鳥。不過其實在學校裡我除了洗澡、上廁所、爬樓梯、換藥、吃東西、騎機車、坐火車和上課比較麻煩外，其它就沒啥大礙了（應該也沒其它的了）。而我走路疼痛和外八的毛病，也隨著兩個禮拜的時間過去，逐漸恢復正常了。不過果然如同醫生所說的，生殖器會最慢好，所以即使已經包得像頭黑木一樣，但我接下來的一個月，依然只能穿著鬆垮垮的睡褲在校園走來走去，然後為了配合鬆垮垮的睡褲，於是我穿上了唯一能搭配的藍白拖鞋。簡單講，我在學校裡穿了一個月的睡衣就是。

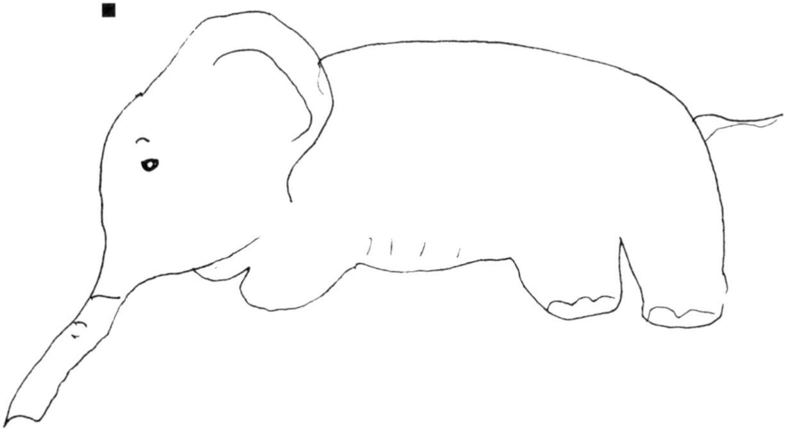

第四幕 複診記事

「一個禮拜一次夠嗎？」出院後，我看著手上的複診單。但是仔細想想，連出院了都要逼醫生每天看我的鳥，實在也很殘忍，於是我拿著手上的掛號預約單，每個禮拜定期回醫院露個鳥。

2003 12.25

星期四

今天是聖誕節，也是我回醫院複診的第一天。因為昨天半夜用吹風機努力吹的結果，人工皮顯然乾多了，但我也對那一片怎麼吹都會再流湯的區域感到強烈不安。早上在老爸的陪同下，我來到了醫生門診外面等候著。

「嗯……的確是碰到水沒錯。」醫生看完傷口後對著我說。

「那怎麼辦，要截肢嗎？」

「看起來沒什大礙，我幫你換一塊好了！」醫生和女助手請我在床上躺平，然後在說完一句「忍耐一下喔！」後，緊接著，很明顯地我身體有一部分又被撕開了。於是我躺在床上，用我扭曲的臉孔偷偷地說了一句「靠北，又來了……」

今天在換藥時，醫生替我換掉了大半塊的人工皮，而就在他替我撕皮的同時，一種熟悉的感覺油然而生。我終於知道這幾天的空虛感是怎麼來的，原來是沒有人替我的雞雞剝皮，看來等下出去後，我應該順便去樓下的精神科掛個號了。今天在醫生替我看完診後，我也回宿舍床上躺著，因為換完藥後熟悉的刺痛感又再次攻佔了我的下半身。不過這都是我自找的，所以接下來的幾天，我也都很識相地不再洗澡，直到身體發出腐壞的味道後，我才又再次拿著保鮮膜和橡皮筋向浴室挑戰。

2003.12.30

星期二

基本上，這禮拜以來我已經深刻體會到人工皮的缺點。人工皮在貼完傷口滴上優碘後，會變成一塊硬幫幫的塊狀物緊黏在傷口上。我的雞雞貼了一塊大約2X2大小的敷料，而我的傷口原本也差不多是這個大小，不過在早上起床後，我突然發現人工皮不夠大了。

「啊！！痛痛痛……」我跳下床把頭塞進量力課本裡，然後一邊高唱著「比薩斜塔倒下來，倒下來~倒下來~~~」唱了五分鐘後，我胯下的劇痛總算逐漸消失。

今天是第二次複診日，看著正好顯示九點的鬧鐘，我的雞雞真是比時鐘還準。早上，刷牙洗臉完畢，吃過早餐後，我也就騎著菜市場車往醫院前進。今天醫生在看過傷口後，拿出剪刀替我的人工皮修剪一番，而助理小姐則是看著我的

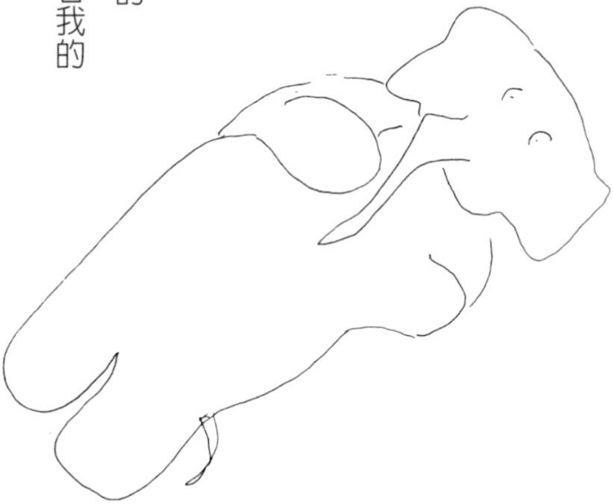

臉，三不五時地發出笑聲。在醫生、護士再三提醒要替大腿擦油後，我便去櫃檯排隊繳費了。在櫃檯前，我一邊排隊一邊玩蘿蔔蹲，就當我準備蹲下去OK一下時，我的外套突然被扯了兩下，原來是住院時對面男病人的兒子，

「咦！你怎麼在這裡？」我有點吃驚地看著他，

「我拔拔在樓上看病，」小男孩對著我咪咪笑。

「是喔，你拔拔出院了沒啊？」

「嗯，昨天出院了，今天回來複診。」

我摸摸他的頭，然後隨便唬爛幾句後，小男孩也碰碰跳跳回樓上找他拔拔。看來對面的男人不但拿到聖誕禮物，而且還差點能領紅包了。

2004.1.6
星期二

在出院後兩個禮拜，我胯下的傷口明顯好了許多，而人工皮邊緣也鬆落了不少，只是突其而來的胯下癢，常常讓我在眾人面前臉色扭曲。不過老爸說會這麼癢，代表傷口正在康復之中，所以我只要忍著別拿菜瓜布去刷它，很快就會雨過天青。

今天醫生在看完傷口後，拿起剪刀卡喳卡喳地地在人工皮上剪了起來，我覺得人工皮好像被掰開了，所以在一陣痠痛下，我對著醫生猛叫著：「醫生～～會痛會痛啊！」

今天在修理過我的小鳥後，我的傷口也只剩1X1大小的人工皮。

「喔～～好很多了，你自己看一下」醫生用一種愉悅的語氣對我說。

「呃……好，我回去再看。」我依然把頭往後仰，努力思考，因為我不知道看著雞雞時，要對醫生和護士小姐做出什麼表情。

（「喔賣軋的，依次萬得佛，醫生真是太感謝你了，我的雞雞看起來比原本還大了！」）

其實我也明白，醫生最大的鼓勵，就是能看到病人的笑容。但我怎樣我也沒辦法在看完雞雞後，又對著醫生和護士笑，這樣根本是變態。

所以在保證自己會回去好好欣賞後，我也拉上褲子離開了醫院。

2004.1.15
星期四

我看的是整形外科，所以外面站著一堆年輕美眉也是很合理的，不過在看過一些打扮時髦的生物體在病人面前猛擺pose後，我剛吃過的早餐也在肚子裡打滾了起來。

其實我今天本來不想複診的，因為上次複診完沒多久，那僅存的一塊人工皮，就在我尿尿時不小心被內褲勾破了，鮮血就也從傷口湧了出來，於是我只好又請出我的無敵吹風機。握著雞雞吹了半小時後，傷口上的鮮血也已經完全凝固，於是在貼了片OK繃後，我也就當作沒事地繼續過活。今天來複診前，其實傷口已經完全癒合了，只是皮膚對溫度和壓力還是很敏感。早上，在進去診斷室後，醫生捏著我的雞雞左看右看後，今天也總算成了

我最後一次的複診。

早上在回到彰化後，我可以用蓮蓬頭盡情地沖澡，也可以很痛快地和黑木打架，而且再也不用擔心早上褲子升旗時，我得爬起來唱國歌。雖然傷口都已經康復得差不多了，但其實還是有後遺症，那就是我的皮皮歪了，至於怎麼個歪法，也就不加詳述了，但有興趣的人可以自己去試試看，我想這和涮涮鍋裡肉片會捲縮成一團的道理是一樣的。

小弟弟變奏曲

2003.8.12
星期二

黑木是一顆番球，因為牠真的很番。

原本我只想給自己無聊的假期找點麻煩，但是沒想到我給自己帶來的，卻是一個惡夢。黑木在我無度的縱容下，不知不覺也變得調皮任性。基本上我對於動物和小孩特別有容忍力，因為他們無知而可愛。

所以在教育黑木時，我也盡量採用愛的教育。今天黑木又在啃我的手了，但是我相信愛能感化一切，咬吧，我會在一旁哀號著，直到你發現我的痛苦而停止這樣的舉動……

「啪！」

我在黑木的頭上巴了一掌，這傢伙愈咬愈上癮了，咬了十分鐘了，還沒感受到我的愛嗎？

現在已是暑假中期，所以黑木也已經在新竹陪我好一段時間了。原本我是打算把牠養在同學的庭院裡，但是又放心不下，所以常常把牠帶回寢室隨牠玩。可能是平常太放縱牠了，雖然已經快四個月大，但這傢伙依然只順著原始的獸性在行動，完全看不出牠的腦漿有沒有在運作。從開始照顧牠到現在，我身上的肉已經有四、五公斤跑到牠的身上了，而隨著我一天一天憔悴，這條笨狗也逐漸變得鮮嫩肥美

「黑木，你看起來好好吃喔～」

捏黑木的肚皮已經成了我茶餘飯後的娛樂，不過在捏完肚皮後，我的雙手雙腳也免不了和牠大戰一場。四個月大的黑木開始換牙了，所以最近更是變本加厲地撕咬我身上的肉，雖然我會喝斥牠，但這顯然沒什麼作用，於是我今天決定賞牠個痛快。

「黑木，我們來玩飛高高，」黑木歪著頭看著我。

說完後，我馬上把牠抬起來包在我的頭上，兩腳一扣！

於是黑木就成了一頂不折不扣的安全帽。

「靠北！你尿在我頭上！！」

#*◎☆▽&※★！

2003.8.15
星期五

在經歷幾天的嘗試後，我總算找到了黑木畢生中最大的弱點，好吃！沒錯，雖然狗不適合吃一般人類的食物，但黑木似乎認為我能吃的東西，牠也一定能吃。我曾經在牠面前把一片香蕉皮放進嘴裡假裝咀嚼，然後拿了整條香蕉皮給牠，雖然猶豫了一下，但牠還是很快地一口咬住香蕉皮啃了起來。不過在沒多久後牠便開始咬著破爛的香蕉皮到處甩，然後也順便在我腳邊撒一泡尿。在經歷慘痛的教訓後，基本上我已經不太敢讓牠隨便咬東西，不過眼見著我手上腳上的齒印愈來愈深，我心中一股復仇的怨念也油然而生……

晚上，在去同學家接黑木回來的途中，我途中也順便買了碗魯肉飯當作我今天的晚餐，兼報仇的工具。在載著黑木回寢室後，我打開魯肉飯在黑木面前晃了晃，黑木跨到我的腳上，收起牠的嬉皮笑臉，腦袋很認真地隨著魯肉飯東搖西晃。

！！！！

「死狗，不給你吃，哈哈……」

接著我開始在黑木面前大口吃起魯肉飯，每吃幾口，我就把飯拿到牠面前搖一搖，然後再奮力抽回扒兩口給牠看。於是就這樣搖一搖，抽回來，搖一搖，抽回來，結果不小心在抽回來突中，飯盒一傾，半盒的魯肉湯整個滴進我的褲襠中間，黑木看到了馬上衝過來，一口咬住！！雖然只是短短不到一秒的時間，但那泛紅的齒痕卻已經深深地烙印在我的內心，和我的小雞雞上了。

2003.8.16

星期六

「老伯，你是怎麼受傷的啊？」

「阿我就在搬東西做工啊！水豬道後面來條肖告，無聲無息就往我小腿肚咬下去啦！！就夭壽欸……哈哈，阿肖年耶你又是怎麼進來的？」

「我喔，我也是被狗咬到啦！！不過我不是腳被咬，我是××被狗咬啦～～哈哈！！」

「速喔，××被狗咬喔，哈哈……」

故事，差點就是這樣……

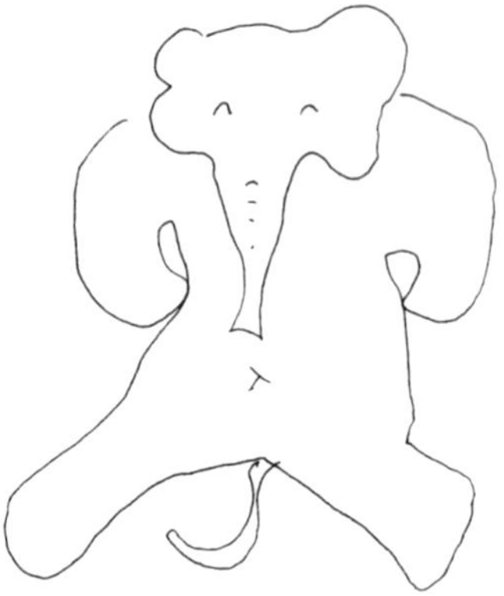

105 台北市南京東路四段25號11樓

廣告回信
台灣北區郵政管理局登記證
北台字第10227號

大塊文化出版股份有限公司　收

地址：□□□ ＿＿＿＿市／縣＿＿＿＿鄉／鎮／市／區

＿＿＿＿路／街＿＿段＿＿巷＿＿弄＿＿號＿＿樓

姓名：

大塊
LOCUS
文化

編號：CA 072　書名：我的住院日誌之羊肉爐不是故意的

請沿虛線撕下後對折裝訂寄回，謝謝！

大塊文化 LOCUS 讀者回函卡

謝謝您購買這本書，爲了加強對您的服務，請您詳細填寫本卡各欄，寄回大塊出版 (免附回郵) 即可不定期收到本公司最新的出版資訊。

姓名：________________________ **身分證字號**：________________________

住址：____

聯絡電話：(O)________________________ (H)________________________

出生日期：______年______月______日 E-mail: ________________________

學歷：1.□高中及高中以下 2.□專科與大學 3.□研究所以上

職業：1.□學生 2.□資訊業 3.□工 4.□商 5.□服務業 6.□軍警公教 7.□自由業及專業 8.□其他________

從何處得知本書：1.□逛書店 2.□報紙廣告 3.□雜誌廣告 4.□新聞報導 5.□親友介紹 6.□公車廣告 7.□廣播節目8.□書訊 9.□廣告信函 10.□其他____________

您購買過我們那些系列的書：

1.□Touch系列 2.□Mark系列 3.□Smile系列 4.□Catch系列 5.□tomorrow系列 6.□幾米系列 7.□from系列 8.□to系列

閱讀嗜好：

1.□財經 2.□企管 3.□心理 4.□勵志 5.□社會人文 6.□自然科學 7.□傳記 8.□音樂藝術 9.□文學 10.□保健 11.□漫畫 12.□其他_____

對我們的建議：____

____

____

LOCUS

LOCUS

LOCUS

LOCUS